의원강호

기공흑마 신무협 장편소설

ORIENTAL FANTASYSTORY & ADVENTURE

dream
books
드림북스

의원강호 14

초판 1쇄 인쇄 / 2016년 10월 10일
초판 1쇄 발행 / 2016년 10월 24일

지은이 / 기공흑마

발행인 / 오영배
책임편집 / 편집부
펴낸 곳 / (주)삼양출판사 · 드림북스

주소 / 서울시 강북구 도봉로 173
대표 전화 / 02-980-2112 팩스 / 02-983-0660
편집부 전화 / 02-980-2116 팩스 / 02-983-8201
블로그 / blog.naver.com/dreambookss

등록번호 / 제9-00046호
등록일자 / 1999년 3월 11일

ⓒ 기공흑마, 2016

값 8,000원

ISBN 979-11-313-0678-9 (04810) / 979-11-313-0216-3 (세트)

* 지은이와 협의하에 인지는 생략합니다.
* 잘못된 책은 구입한 곳에서 바꾸어 드립니다.

이 도서의 국립중앙도서관 출판시도서목록(CIP)은 서지정보유통지원시스템홈페이지
(http://seoji.nl.go.kr)와 국가자료공동목록시스템(http://www.nl.go.kr/kolisnet)에서
이용하실 수 있습니다. (CIP제어번호: 2016024072)

의원강호

14

기공흑마 신무협 장편소설

ORIENTAL FANTASYSTORY & ADVENTURE

dream
books
드림북스

목차

第一章
원점인가

이야기는 빠르게 이어져 갔다.

"그래. 결국 그 사체들이 어찌 됐냐는 게 중요한 거군."

"맞아요. 그 때문에 기운도 찾고 했지만, 당장은 나오는 게 없으니……."

"움직이지 못할 사체를 찾자?"

"예."

"혹시나 화골산을 이용할 수 있지 않나?"

"아니오. 그건 이 당 모가 보증하지. 화골산이 생각보다 쉽게 구할 수 있는 독이 아니오. 그 사체들에 전부 사용한다? 무리지!"

"흐음…… 그렇게 되는 건가. 의심하는 건 아니네만 확실한가?"

돌다리도 두드려 보자는 듯한 명학의 물음.

당기재도 그걸 알기에 바로 대답을 한다.

"물론이오. 거기다 그 사체들은 그 기운이 문제 아니오? 화골산에 과연 다 녹을지도 모르겠소."

"형님, 당 대협 말이 맞습니다. 실제로 그 혼종된 기운은 꽤 대단한 거거든요. 어떤 의미로는요."

"흐음…… 그렇다면야 화골산도 아닐 터이니. 결국 시체를 어찌했는지 그 방법을 역으로 알아내야 한다 이거로군?"

"바로 맞췄습니다. 그거죠. 본질에서 약간 벗어나기는 했지만요."

"뭐, 그 외에는 방법이 없으니. 어쩔 수 없겠지."

가감 없이 회의가 계속해서 이어진다.

그동안 쌓인 게 많았던지, 아니면 성과가 아주 없는 건 아닌지 이야기보따리 풀듯 의견을 말해냈다.

'결국 원점인가. 흠……'

그렇게 내려져 가는 결론.

결국 본질은 누가 그리했냐였다. 이 점은 바뀌지 않는다.

해서 의원들 몰래 시체를 처리했을 자가 있고, 그자를 잡으면 풀 수 있다고 여겼던 거다.

동창 무사들을 상대로 검진을 했던 것도 그런 이유다.

그도 모자랄까 싶어서 주변을 살폈다. 기운을 살펴보고, 탐색을 하면서 누가 의심스럽나를 살폈다.

하지만 여기서 무언가 빼먹은 게 있었다. 이 일에 관련된 사람만 찾으면 될 문제라 여겨 넘어간 문제기도 했다.

그 문제.

과연 그 시체들을 '어떻게' 처리했냐였다.

누가 처리했냐가 아니라. 어떻게로 바뀌었달까.

어째 다시 원점으로 돌아온 느낌이다.

'기운에 대해서도 파악치를 못했는데…… 흐음.'

그 혼종된 기운이 어떤 건지도, 대체 누가 그랬는지도 아직 아무것도 모르는 건 여전히 마찬가지다.

하지만 주변과 사람을 뒤지고서도 아무것도 찾아내지 못하지 않았나.

이럴 때는 차라리 멀리 돌아가더라도 다시 원점, 시체를 어찌했느냐로 돌아가는 게 맞을 거다.

사실 원점이라고 하지만.

'관점이 살짝 바뀐 거뿐이지.'

시체를 어찌했을 '사람'을 중심으로 조사를 하다가, 다시 시체에 집중을 할 뿐이다.

범인이 누구냐에서, 범인이 사체를 어떻게 했느냐로 바뀌었을 뿐이다.

산 사람이 아니라 죽은 사람한테 집중하는 게 웃기긴 하지만, 결국 방법은 그거밖에 없다.

죽은 자라 해서 항상 말이 없는 건 아니니까.

"이쪽 황천현 주변에 시체들이 꽤 있죠?"

"예. 역병이 불었으니…… 당연한 거죠."

"실제로 많이 보기도 봤다. 너무 많아."

"역시 그렇군요……."

역병에 걸렸던 시체는 태우는 것이 가장 좋은 방법이다.

운현이 그걸 모를 리가 없다.

아니 꼭 역병이 아니더라도 사람이 이리 많이 죽는다면 역시 화장을 하는 게 가장 좋은 방법이다. 어떤 병이 생길지 모르니까.

하지만 이 방법을 운현은 실행하기가 힘들었다.

토사곽란 때야 지역을 돌아다니면서 직접 시행을 하면 됐지만, 여기는 어디 작은 지역에 역병이 돌았는가.

하남성 전체는 물론이고, 그 위 북쪽으로도 역병이 돌았다.

그 많은 지역 전부를 아무리 운현이라고 하더라도 돌아다닐 수 있을 리가 없었다.

그러니 역병에 걸린 시체들을 전부 태우게 할 수는 없었다.

하기는 태우는 풍습이 있다고 하더라도 태우기 힘들었을 거다. 역병이 도는 상황에서 피난부터 가지 누가 화장을 하고 있겠나.

어쨌거나 역병이 걸린 대다수의 사체들은 그대로 남아 있다. 혹은 썩어 가거나.

그러니 사체들은 많다.

'좋은 건 아니지만⋯⋯.'

되레 시간이 많지 않다.

이미 많은 시일이 흐르긴 했다. 다시 처음부터 원점으로 가는 상황이니 어쩔 수 없는 부분이다.

덕분에 빠르게 움직여야 했다.

"바로 움직이죠. 지금부터라도. 어떻게 하는지 보려면 시체를 찾는 거부터가 급선무일 테니까요."

"그도 그렇군. 안내는 내가 하지. 아무래도 제일 익숙하니까."

"부탁드리죠. 어서 가야 할 거 같습니다. 시간이 너무 흘렀으니까요."

*　　　*　　　*

"험험, 신의님."

운현의 것으로 마련된 진료소. 그곳에 발을 디디는 송상후가 있었다.

검진은 끝났지만 운현이 이곳에 자리를 잡곤 하니, 운현도 볼 겸 들어온 게다.

하지만.

"신의님?"

아무리 불러도 답이 없는 운현이었으니.

"실례가 아니라면 들어가 보겠습니다."

스윽.

결국 기다리다 못한 송상후가 문을 열고서 들어간다.

허나 그 안에 송상후가 기대를 하던 운현은 그 어디에도 없었다.

완전히 비어 있는 상태.

검진을 위해서 준의영이 넣어 놓은 여러 기구들을 제외하고는, 운현이 가지고 다니는 기구조차 비워져 있는 상태였다.

"흠. 대체 어디를 가셨나?"

송상후로서는 운현에게 따로 말을 듣지 못한 상황.

운현 정도 되는 이가 송상후에게 보고를 한다거나 할 필요는 없다지만.

'좀 서운하군.'

송상후에게 언질 정도는 해 줄 수 있는 문제기도 했다.

어디 볼일이 있다고 말하고 움직인다거나 하는 그런 정도 말이다.

필요에 따라서 동창 무사들을 이끌고 있는 송상후가 작은 도움 정도는 줄 수 있는 문제였다.

물론 영약도 받은 데다가, 건강 검진이라고 여러모로 도움을 받았던 송상후로서는 있던 호감까지 사라질 문제는 아니었다.

자기에게 말을 하지 않고 움직인다고 그걸로 크게 마음이 상할 만큼 어리석지는 않은 송상후였다.

다만 사람이기에 약간의 서운함을 느낄 뿐이랄까.

거기에 덤으로.

"한 번 더 검진받는 건 역시 무리겠군."

운현과 한담을 좀 나누다가, 슬쩍 검진 한번 봐달라고 할 예정이었던 그였다 보니 더 아쉬움이 큰 걸지도 몰랐다.

"흠…… 그럼 어쩐다."

준의영을 포함한 의원들이 어디 따로 움직이는 것도 아니고, 여기서 치료만 하는 상태.

그렇다고 그런 의원들을 상대로 누가 공격을 할 것도 없는 상황이다.

거기다 동창의 무사들이 워낙 많은가.

본래보다 많은 인원들이 배정되었다. 인원이 남아돈다는 소리다.

반 정도씩 돌아가면서 호위에 전념하는 것으로도 충분히 호위가 가능했다.

해서 동창 무사들을 이끄는 송상후가 할 일이 가장 없는 상태였다.

그래서 이리 쓸데없이 소일거리랍시고 운현을 보러 오기도 하고, 괜스레 이곳저곳 돌아다니기도 하는 건데 그의 소일거리 중 하나가 사라졌다.

"뭘 한다."

동창 내부에서는 생각 외로 치열하게만 살았던 그.

덕분에 조장까지 달고서 이렇게 호위를 하러 온 그이기도 했다.

그러다 보니 호위를 제외하면 별일도 없는, 오랜만에 휴식을 취하는 셈이나 다름없는 상태.

그러니 더더욱 이런 소일거리를 즐기고 있는 그일지도 몰랐다.

하지만 그도 금방 알아챘어야 했다.

더 이상은 소일거리만으로 시간을 보낼 수 없을 만큼 한가롭지 못할 시간이 다가오고 있다는 걸.

　　　　　＊　　　＊　　　＊

　"꽤 멀군요."

　바로 움직인다 하지 않았나.

　운현과 일행은 더 채비를 할 것도 없이 바로 나섰다. 가장
앞은 안내를 자처한 명학이 차지하고 있었다.

　과연 그는 그동안 조사를 위해서 움직인 경험이 있었던 덕
분인지.

　"여기서는 이쪽이 더 빠르다."

　"알겠습니다."

　지리를 꽤 잘 파악하고 있었다.

　명학 특유의 성실성에, 꼼꼼함까지 더해지니 지리 정도 파
악하는 건 일도 아니었던 거다.

　그 덕분에 빠르게 이동을 할 수 있었다.

　가면서도 그는 설명을 잊지 않았다.

　"여기도 본래는 사체가 있었다. 나중에 보니 마을 사람들
이 합심해서 치웠더구나. 마을과 가깝기도 하고."

　"마을 사람이요?"

　운현이 살짝 놀라서 묻는다.

　마을 사람이 아닌 다른 누군가가 치웠더라면 그건 또 문

제가 될 수 있었다. 거기서 실마리를 찾을 수 있는 상황.

명학도 그걸 본래부터 알고 있었는지, 설명을 더해 준다.

"그래. 혹여 다른 누군가가 치운 건 아닌가 조사를 했다만 다행히 그건 아니었다. 마을 사람들도 하나하나 봤어."

"흐음…… 그럼 다행이로군요."

"너만큼은 아니지만 기운을 아무리 읽어봐도 일반인이더구나. 아, 그리고 여기 제갈 소저가 도움을 줬다."

"도움이라면……."

"하오문을 통해서 조사를 부탁한 거예요. 그 사람이 본래부터 마을 사람이었는지 아닌지 정도는 금방 나오니까요."

하오문이라.

이런 곳에서도 아직 남아 있었던 건가. 하기는 중원 모든 성에 다 있는 게 하오문의 문도들 아닌가.

'그들이라면야 그 정도는 문제도 아니겠지.'

그런 하오문에서 본래부터 마을 사람이었는지 아닌지 정도는 쉽게 파악을 할 수 있었을 거다.

하오문을 거치고, 명학이 따로 조사까지 했으니 마을 사람이 확실히 맞을 터.

저들이 시체를 치운 건 마을 가까이에 시체가 있으니 치우는 정도의 일이었을 따름이었다.

상황이 상황이다 보니.

"괜히 놀란 거 같습니다. 휴우."

"이해한다. 만약 사체를 치운 자가, 어떤 다른 자였더라면 차라리 일이 쉽긴 했을 거다. 하지만 아니니 어쩔 수 없는 거지."

괜히 이런 일에 크게 반응을 하는 것일지도 몰랐다.

사체를 치우는 것에서 작은 실마리라도 얻으면, 지금까지 아무런 성과도 없던 조사가 급진전될 수도 있는 것이었으니까.

예민하게 반응을 할 수밖에 없는 거다.

"그 사체들은 확실히 역병에 걸린 자들이기도 했다. 마을 주민이었다더군."

"그렇군요."

명학도 그걸 알기에 기분을 나빠하기는커녕, 하나하나 더욱 세심하게 설명을 해주고 있었다.

'형님도 잘해 왔군.'

이야기를 하나씩 하나씩 들어보고 있노라면, 명학도 여러 가지로 생각하고 꼼꼼하니 조사한 게 티가 났다.

여기에 어떤 사체가 있었으며, 또 어떤 식으로 조사를 했고 어떻게 처리를 했다는 식 정도의 이야기들은 분명 도움이 되었다.

쑤욱 늘어보니 말을 잘 하지 않아 몰랐지만, 꽤 고생을 한 것도 같았다.

운현이야 검진을 한다고 한 곳만 지키고 있으면 되었지만 명학은 현을 중심으로 이곳저곳을 다녔지 않나.

말이 한 현을 중심으로 돌아다니는 거지, 현 하나만 하더라도 어마어마하게 크다.

그런 현 주변을 이리도 단시간 내에 파악을 할 정도라!

대단하다고밖에 달리 할 말이 없었다.

그러다 결국 도착을 했다.

"여기부터가 좋겠지. 이곳은 아예 마을이 전부 몰살당한 거 같더군."

"⋯⋯좋지 않네요. 우선은 찾아보죠."

*   *   *

화전민촌이라고 하기엔 애매했다.

황천현의 중심으로부터 좀 벗어나기는 했지만, 이곳 역시 황천현의 구역 내에 있는 마을이라 봐야 했다.

중심에 있는 마을들만큼 발전을 하지는 못했지만.

'못해도 수십 채로군⋯⋯.'

가옥으로 보이는 것만 무려 30—40채다.

한 가족당 최소 5명씩만 잡아도 최소 150명이 살았던 곳이 바로 이곳이다.

중원에서 한 가족의 구성원 수가 그리 적지 않다는 걸 감안하면 그보다 훨씬 많았을지도 모를 터.

그런 양민들이 현의 어귀에서 삶을 이뤄 가고, 살아가던 그곳이 완전히 무너져 있었다.

곳곳에 사체가 있다.

이리저리 흩어진 사체도 있고, 또 한곳에 모여 있는 사체들도 있다.

한곳에 모여 있는 사체들은.

'그나마 역병이 덜 돌았을 때 수습을 했던 거겠지.'

마을이 아직 마을의 구실을 하고 있을 때 잘 모아놨던 사체들일 게 분명하다.

드문드문 있는, 이리저리 흩어진 시체들은 뻔하지 않나.

역병으로 인해서 마을이 제대로 구실도 하지 못할 때.

또한 서로가 돕기 힘든 최악의 상황이 들이닥쳤을 때 만들어진 사체들일 거다.

이미 여러 번 이런 광경을 목격했었던 운현과 일행이었기에 그 정도는 가늠을 할 수 있었다.

다만 적응하기 힘든 한 가지는.

"역시 처참하군요."

"……휴우. 절대 좋다고는 할 수 없는 일 아니겠습니까."

그 처참함이었다.

죽음이라고 하는 것은 아무리 많이 보아도, 익숙해지지가 않는다.

거기에 더해지는 처참함이란 보통 사람은 미칠지도 모를 만큼 심각했다. 괜히 처참하다 말을 붙인 게 아닌 것이다.

많은 이들이 살았을 곳이 분명함에도, 오로지 죽음만이 놓인 사체들 그리고 그들이 살았을, 전혀 관리되지 않은 가옥에서 느껴지는 을씨년스러움을 보고 있노라면!

'……죽일 놈들.'

천하의 운현이라고 하더라도, 마음속에 가라앉혀 놓았던 화가 치밀어 오를 정도였다.

어쨌거나 이 처참함을 구경만 하고 있기는 우스운 일이 아니던가.

최대한 빠르게 움직이는 게 좋았다.

그렇기에 일행은 바로 움직이기 시작했다.

"바로 조사를 하죠."

운현은 따로 움직이기 시작한다.

기운을 읽는 데 그만큼이나 탁월한 자는 없으니, 혼자서도 살필 수 있다 생각을 한 것이다.

나머지는 둘씩 조를 짰다.

"예. 당 대협은 저랑 움직입시다."

"그게 좋을 듯합니다. 바로 가지요."

당기재와 이명학.

그 둘은 이미 사체를 살피기 위해서 여러 번 같이 움직여 본 바가 있었다.

그렇기에 익숙하게 같이 움직이기 시작한다.

혼자서는 미숙한 점이 있을지 몰라도, 둘이서 움직인다면 그럭저럭 괜찮은 조가 됐다.

나머지 둘도 마찬가지.

"그럼 저희는 또 따로 움직일게요."

"알겠습니다."

제갈소화나 남궁미도, 홀로는 몰라도 둘이서는 아주 잘 맞는 조였다.

그렇게 일행은 각자 조를 짜고서는 빠르게 움직이기 시작 했다.

*　　　*　　　*

"흐음……."

사체들을 살핀다.

기운을 읽어본다. 가까이 다가가서 자세히 관찰하기도 한 다.

아주 자세하게. 혹시나 빼먹는 게 있지 않을까 조심을 하면서 계속해서 하는 관찰.

혹시나 하나라도 허투루 넘기지 않으려고 조심을 한다.

하지만.

'다를 게 없군.'

여태까지 발견했던 역병에 의해 사망한 시체와 그리 다른 점을 느끼기가 역시 힘들다.

썩지 않는 시체는 단 하나도 없다.

'기운이 없어. 흠…….'

흡사 썩지 않는 그 시체. 이상한 기운이 담긴 시체와 비슷한 것도 당장은 보이지가 않았다.

"음…… 이건 어떻소?"

"제가 봐도 영 아닌 거 같습니다만…….."

"이거 원. 어렵구려."

"다시 또 봐보지요."

당기재나 이명학도 마찬가지. 열심히 찾아만 볼 뿐이었다.

그들은 운현처럼 기운을 중심으로 보기보다는 당기재가 가져온 독을 아주 잘 활용했다.

혹시나 독기가 남아 있지 않을까. 독과 독은 반응을 쉽게 하곤 하니 어떤 반응이 오지 않을까를 봤다.

물론 기운을 살피는 것도 게을리하지 않았다.

운현보다는 못하다고 하더라도 기감이 있지 않은가. 거기다 여기는 둘이나 있었다.

해서 독으로 반응을 살피면서 동시에 기운을 또 살펴본다.

덕분에 운현보다 속도는 느렸다.

그래도 독을 이용한다는 특이한 방식을 사용하니, 언젠가 어떤 성과가 툭 튀어 나올 수도 있는 법이었다.

하지만 아쉽게도 아직까지는 수확은 없었다.

제갈소화나 남궁미도 그들만의 방법을 사용했다.

"음…… 쓰러진 방향에 이상한 점은 역시 없죠?"

"맞아요."

기운. 독. 그런 것을 보지 않고 그들은 여기 이곳의 현장만을 중심으로 바라봤다.

전체적으로 어찌 사람들이 쓰러졌을지 제갈소화가 유추를 해 보고, 거기에 남궁미가 도움을 준다.

"저기 저 시체는 왜 저렇게 쓰러졌을까요?"

"가 봐요."

어떤 이상한 방향으로 있는 시체를 찾게 되면 그때는 아주 가까이 가서 면밀히 살펴본다.

흡사 관아의 수사관이 수사를 하듯이 아주 자세하고 꼼꼼하게 바라본다.

여자 특유의 섬세함이 발동된 게다.

그렇게 한참을 살펴보지만,

"음…… 우연찮게 그런 거 같네요. 아니면 고통에 겨워서 움직이다가 조금 방향이 뒤틀렸거나요."

"그게 맞을 거 같아요. 픽하고 쓰러진 게 아니고…… 고통스럽게 죽었네요."

"휴우…… 좋지 못한 죽음이죠."

당장 어떤 특별함이 보이지는 않는다.

사체가 쓰러진 게 다른 것들과 아주 미묘하게 다른 모습을 보여서 살펴본 터.

하지만 달리 이유가 있어서가 아니라, 고통에 겨워서 움직이다 보니 다른 것들과 달랐던 거다.

죽는 그 순간까지도 평화로운 죽음을 맞지 못하고, 아주 고통스럽게 간 거다.

그러다 보니 죽고 나서도, 애써 그 죽음을 살피고 있는 그녀들에 눈에 띈 거고.

'좋지 않아.'

'휴우…….'

여러 가지로 아름답지 못한 죽음이었다.

하기야 나이를 먹고서 갈 시간에 간다고 해서 가장 아름 다운 죽음이라는 호상(好喪)도 슬퍼하는 자가 분명 있지 않 나.

그런데 이곳은 나이가 먹어서 죽은 자는커녕, 병에 걸려서 죽은 자들이 가득한 그런 곳이다.

처참할 수밖에 없으며, 가까이 살펴보면 살펴볼수록 비극 일 수밖에 없었다.

사체 하나. 하나가 모두 그러했다.

상황이 이러하니 이 처참함에 있던 기운도 사라질 법하건 만.

"계속해 보죠."

"예."

그녀들은 여느 사내대장부보다도 더 기운을 내면서 사체 들을 자신들의 방식으로 살피기 시작한다.

아직까지 모두 성과가 없다.

사실 마을 하나를 뒤진다고 여태껏 찾지 못한 것을 쉽게 찾을 거라고 생각도 안 한 일행이었다.

한참 많은 고생을 해야 할 거고, 고생을 한다고 하더라도 과연 성과를 낼 수 있을지는 장담을 할 수가 없다.

그럼에도 모두가.

"후음……."

"이거, 기운을 다시 보죠."

"그럽시다!"

자신들만의 방식으로 집중을 하고, 끊임없이 찾아보고 또 찾아본다.

작은 실마리라도 더 찾아보기 위해서!

죽어버린 자들의 원혼이라도 찾을 기세로 끊임없이 움직이고 있는 일행이었다.

第二章
허탕인가?

　쏘아진 화살처럼 시간이 지나간다.

　집중을 해서 그런지 시간은 더욱 빨리 지나가는 느낌이었
다. 특히 일행은 더더욱 그러했다.

　한 가지 변화가 있다면,

　일행이 조사를 하러 다니게 된 걸 안 송상후. 그가 아침에
일행이 나설 때마다.

　"또 가시는 겁니까?"

　"예. 역병의 원인을 찾아야 하니까요."

　"하하, 참. 말릴 수 없는 일이긴 합니다. 무사들을 붙여드
릴까요?"

"괜찮습니다. 일행이면 충분하다 봅니다."

"그것도 그러하긴 합니다. 알겠습니다."

배웅을 나선다는 것이다.

꼭 나올 필요가 없는데도 이른 아침마다 항상 나와 주는 그였다. 그러곤 일행을 배웅하고, 또한.

"이것도 챙겨 가시지요."

"벽곡단으로도 괜찮은데……."

"아닙니다. 챙겨 드셔야 몸이 안 상하시지요."

"감사합니다."

세밀하게 챙겨주기까지 한다.

식후경(食後景)이라 말하면서 어디서 챙겨온 음식도 잘도 바리바리 싸준다.

정작 이런 음식은 시비가 고생해서 만들고 챙겨준 거긴 하겠지만, 그래도 매일 전해 준다는 것도 정성 아닌가.

이런 상황에 식후경이라 말하는 게 웃기긴 하지만, 어쨌거나 이런 식으로 정성을 보이며 배웅을 하는 거까지는 분명 나쁜 일은 아니었다.

처음에는 음식에 뭔가를 탔는가.

"흠…… 모두가 의심스럽기도 하니 조사를 해 보지요."

당기재나 운현이 조사까지 해 보았다. 기운으로도 읽어보고 독이 있는지도 살폈을 정도다.

하지만 없다. 아주 깨끗했다.

다른 이유 없이 오직 일행을 위해서 음식을 챙겨준 듯해서, 괜히 미안해지기까지 할 정도로 깨끗했다.

진심으로 조사를 다니는 운현들을 위해서 챙겨 주는 느낌이었다.

동창 무사들을 의심하는 일행으로서는, 그들을 대표하고 있는 송상후의 이런 챙김이 좋을 수만은 없는 상황.

하지만 그렇다고 해서 그가 챙겨주는 걸 내팽개칠 명분이 있는 것도 아니니 받아들 수밖에 없었다.

게다가 나름 찬을 마련하는 이가 솜씨가 좋은 건지, 꽤 맛있기도 했다.

상황상 식후경을 즐기러 다니는 건 아니지만, 음식이라도 괜찮은 걸 먹으니 그나마 낫달까?

성과가 없는 가운데 그나마 작게 즐길 수 있는 부분이었다.

어쨌거나 송상후가 건네준 걸 챙기고서는.

"그럼 다녀오겠습니다."

"예. 기다리고 있지요. 괜찮으시면 저녁쯤은 같이 식사를 하는 것도 좋겠습니다."

"일찍 들어올 수 있으면 그리하도록 하지요."

또 나서 본다.

성과가 없더라도. 당장은 집요해 보인다고 하더라도 끝까지 조사를 해 보기로 했으니 조사를 하러 나서는 게다.

"허허. 잘 다녀오시지요!"

그런 일행을 향해서 허허로이 손을 휘저어 주는 송상후의 모습을 보고 있노라면.

'은퇴해서 소일을 찾는 중년 같군······.'

한참 활동을 해야 할 나이인데도 불구하고, 그 모습이 꽤나 공허해 보였다.

말년이라고 할 수는 없겠지만 이곳에 있으면서 동창의 치열했던 삶과 전혀 다른 한가함을 즐기고 있는 모습이었다.

그렇다고 방심할 수는 없는 터.

누군지는 몰라도 동창 무사들 중에 최소 하나. 많으면 몇 명 정도는 썩지 않는 시체와 관련이 있을 게 분명했다.

그렇기에 송상후의 저런 허허로운 모습을 보고서도 방심은 절대로 불가였다.

어쨌거나 그런 그를 두고서,

"갈까요?"

"네. 오늘은 꼭 성과가 있었으면 하네요."

"그래야겠지요."

일행은 또 발걸음을 바삐 놀리기 시작한다.

무언가 찾아 낼 때까지 이 발걸음은 쭉 계속될 게 분명했다.

＊　　　＊　　　＊

황천현 어귀를 이미 많이 뒤졌다.

관광 다니듯 다닌 것도 아닌데, 어지간한 곳은 다 알게 될 정도랄까.

현지인만큼은 못하더라도 그에 비슷해지는 수준에까지 이르고 있었다.

아니, 어떻게 보면 일행이 현 상황에서는 가장 주변을 많이 파악했다고 할 수 있을 정도였다.

사실 역병이 있고 나서부터는 이곳저곳을 쉽게 다닐 수도 없는 분위기 아닌가.

역병이 없어졌다고는 하지만, 또 어떤 식으로 무슨 일을 당할지 모르니 움직이는 걸 조심하는 분위기랄까.

그런 상황에서 일행만 죽어라 황천현 어귀를 돌아다니고 있으니, 현 상황에서는 그들이 가장 잘 아는 상황일지도 모를 정도였다.

다만 길을 잘 알게 되는 성과는 있을지라도.

"처음부터 다시 뒤져야 하나."

"그런다고 새로운 뭔가가 나올까요?"

"지금으로서는 그런 것 외에는 또 방법이 없는지라."

"흠…… 역시 그렇긴 하죠?"

"그런 거죠. 후우, 생각보다 길어지고 있기는 합니다."

"그러게요."

조사에 관한 어떤 성과도 없었다.

그래도 계속하자고 나선 상황이 아닌가.

게을리할 수도 없는 중대한 사안이기에 허투루 넘길 수도 없었다.

무사 영철에게 잘해 놓고 가겠다 했는데, 이 정도 상황이면 면목이 안 설 정도다.

하기야 이대로 간다고 하더라도 뭐라고 하지는 않을 거다.

도무지 치유하지 못하던 역병의 치료제를 만들고, 역병을 잠재우는 데 성공했으니까.

딱히 조사에서 성과를 내지 못한다고 하더라도, 역병 자체를 잠재웠다는 건 분명 대단한 성과였다.

그런 성과를 운현이 냈다. 홀로 낸 건 아니지만 거의 모든 공이 운현에게로 갔다.

그런 상황에서 운현을 뭐라 할 수 있겠는가.

절대로!

할 수가 없다.

지금 상황에 운현을 괜히 건드렸다가는, 애써 잠재운 민심이 성난 민심으로 돌아설지도 모를 문제다.

그러니 운현이 조사에서 성과를 못 낸다 해도 넘어갈 거다.

본래부터 그가 해야 할 역할은 신의로서 역병을 잡아내는 것이지, 역병의 원인을 밝혀내는 게 아니었으니까.

그럼에도 운현이 이렇게도 일에 매달리는 건.

그 특유의 심성과 책임감 때문인 게 컸다.

일행 또한 그런 운현과 닮은 건지, 운현과 있다 보니 감화된 건지는 몰라도 비슷한 마음으로 함께하는 게다.

그러다 보니.

"그럼 다시 가 보죠. 당장은 그것밖에는 방법이 없으니."

"알았습니다. 바로 가보죠."

몇 번이고 같은 것을 반복하는 게 힘들 수도 있지만, 애써 움직인다.

조금이라도 실마리를 찾고자 함이었다.

＊　　　＊　　　＊

다시 이동을 시작한다.

'해 봐야지. 끝까지.'

애써 움직인다.

그때까지만 하더라도 다들 어떤 성과가 있을 거라고는 생각도 못 했다.

*　　　*　　　*

처음 도착을 했을 때.

"역시 달라진 게 없군."

"그러게요."

처음 뒤졌던 마을부터 다시 보기 시작했다.

처참함을 제외하고는 달리 다른 게 없었다. 좀 변했다고 할 만한 건 전에 비해서 사체들이 더 썩었다는 정도다.

사체가 조금씩 썩어가는 건 당연한 이야기인 터.

특히나 땅 속에 묻은 것도 아니고, 그대로 있을 경우에는 부패 외에도 다른 것들로 더욱 빨리 사라지곤 한다.

야생 동물이라든가. 벌레. 그러한 것들에게 노출이 되게 되니까.

그런 여러 이유로, 사체들을 전부 묻거나 화장을 하고 싶었던 운현이다.

그럼에도 그럴 수가 없었다.

혹여나 사체를 태웠다가, 그 안에 찾지도 못한 이 역병 사태에 관한 실마리가 있으면 안 돼서였다.

'못할 짓이지.'

그렇기에 역병에 걸려 죽은 자들을 그대로 뒀다.

어찌해 주지도 못하고, 완전히 그대로.

조사를 위해서 건드렸다가도, 다시 본래 쓰러졌던 그대로 복원을 시키고서 움직였을 따름이다.

죽은 고인에게 할 짓은 못되지만, 혹시나 실마리가 사라지면 천추의 한을 남기게 되니 어쩔 수가 없었다.

해서 여기는 역시 사체가 썩어가는 거 외에는 달라지는 게 없었다.

그래도 열심히 조사를 해 본다. 그러다가 이내.

"달라진 게 없으니…… 별거 없지 않나. 이동을 하는 게 어때? 차라리 여러 곳을 도는 게 좋을 거 같으니."

"흠…… 그게 좋을 거 같군요."

다른 곳으로 이동을 하기로 한다.

역병에 당한 시체들을 어찌해 주지도 못하니 괜히 마음이 무거워서 더 오래 있을 수도 없었다.

*   *   *

그래 봐야 이곳을 떠나서, 또 도착한 곳은 역병에 당한 다른 시체들이 있는 곳이다.

괜히 마음이 쓰이고, 불편해서 움직인다고 하더라도 결국에는 또 사체들이 있는 곳에 오니 다시금 마음이 불편해질 수밖에 없다.

마음이 쓰여서 움직여 놓고도, 또 마음이 쓰이는 사체들이 있는 곳에 오는 게 이상한 일이긴 하지만.

"다시 또 조사해 봅시다."

"예."

애써 마음을 추스르고서는 조사를 시작한다.

그렇게 전보다는 빠른 속도로 몇 곳을 뒤지기 시작한다.

처음에 있었던 사체가 있던 마을. 그 옆으로 나 있는 또 다른 마을로. 그렇게 여러 곳을 살핀다.

*　　　*　　　*

그러다 마을들을 넘어서 더욱 안으로 들어가면, 처음 명학이 발견했던 움막을 찾을 수가 있게 된다.

사냥꾼이나 약초꾼들이 임시로 사용했을 만한 그런 움막이다.

이곳에서도 역병에 당한 시체가 있었으니 온 거다.

"흠. 여기가 약초꾼이나 사냥꾼들이 사용하던 움막이라고 했죠?"

"그렇지. 이런 곳은 너도 잘 알지 않느냐."

"그렇죠. 방 약초꾼하고 함께 약초를 캐러 다니기도 했으니까요. 그때 남궁 소저도 만났죠."

운현으로서는 꽤 익숙한 움막이기도 했다.

장소는 다를지언정 방 약초꾼과 약초를 캐기 위해서도 다녀왔던 적이 있지 않나.

거기다 약초꾼들에게 약초밭을 꾸리게 하다 보니 공부를 위해서, 시간이 나면 이것저곳을 다녀 봤다.

그러다 보면 이런 움막들은 심심치 않게 있었다.

아주 많지는 않았지만, 사람이 쉴 만한 곳이거나 산 중턱 쯤 되면 꼭 있다고 봐도 무방했다.

그러니 운현으로서는 익숙할 수밖에 없었다. 이런 식의 움막은 자주 보곤 했으니까.

해서 이런 움막이 신기하다거나 할 일은 없었다. 되레 익숙했다.

다른 사람들도 마찬가지.

남궁미나 제갈소화도 여인의 몸이라고 하더라도 이곳저곳 돌아다닌 경험이 있다.

대부분은 사람들이 많은 곳을 찾아가 객잔 같은 곳에 몸을 뉘이지만, 어디 항상 객잔이 있겠는가.

외진 곳에 있는 객잔도 심심찮게 있고는 하지만, 정말 다니는 사람이 없게 되면 객잔 같은 곳은 찾기도 힘들다.

그럴 때면 마을이라도 또 찾아보지만 그도 안 될 때는, 저런 움막이 쉬기에는 최상의 장소였다.

실제로 추격전을 벌일 때만 하더라도 저런 움막이 있는 덕분에 꽤 도움을 받았다.

그러니 다들 움막 자체에는 신기함을 표하기는커녕, 오히려 익숙한 몸짓으로 들어가서 조사를 하기 시작한다.

그때까지만 하더라도 별다른 기대가 없었다.

"흐음……."

"오래 살필 필요는 없겠구려."

성실한 성격을 가진 명학마저도 어떤 기대를 하지 않았을 정도였다.

당기재만 하더라도 기대는커녕, 슬쩍 보는 것으로 넘어갈 기세였다.

당기재가 이상해서가 아니라, 여기서 있는 사체 몇을 살핀다고 해서 상황이 달라질 거라고는 기대치 않기 때문이었다.

여태 아무것도 찾지 못했는데 이제 와서 툭하고 뭔가를 찾을 수 있다고 기대하는 것도 웃기는 노릇 아닌가.

당기재가 그리하는 것도 이해는 갔다.

"보자아……."

그래도 재밌는 게, 말과 행동이 따로 논달까.

말은 오래 살필 필요가 없다 하면서도 행동으로는 꽤 열심히 찾는 당기재였다.

심법을 일으켜서 독의 기운도 찾아보고, 당가 특유의 방법을 이용해서도 독을 또 찾아본다.

"으음……."

그래도 역시 성과는 없다.

처음 와서 조사를 할 때도 뭔가가 없었는데 이제 와서 조사를 한다고 뭔가 생길 리가 없었다.

독의 기운을 살펴도 이상할 게 없고, 시체 자체를 살펴도 이상할 게 없어 보였다.

분명 그때까지만 하더라도 전과 같은 결론이 내려질 거라고 봤다.

그런데.

"으음……."

운현의 표정이 심상치 않았다.

조사를 할 때면 심각한 표정을 짓곤 하는 운현이었지만, 분명히 이 정도는 아니었다.

그런데 지금은 분명 평소보다 더욱 진지한 표정을 짓고서는, 꽤나 면밀하게 사체를 살피고 있었다.

기운을 읽는 것도 아니고, 단지 사체만을 바라보는 것뿐인데도 굉장히 진지했다.

뭔가 이상한 걸 찾은 게 분명했다.

'걸리는 게 있는데…… 확실히 있어.'

그 특유의 감각에 무언가가 발견된 걸까? 그도 아니면 뭘까?

*　　*　　*

처음 운현의 진지함을 눈치챈 것은 남궁미였다.

당기재처럼 독의 기운을 살필 줄 안다거나, 제갈소화처럼 어떤 현상을 보고 분석을 하는 기술은 없는 그녀였다.

그렇다 보니 주변에서 무엇을 하는지 보고, 부족한 점이 있다면 같이 끼어 돕는 형식을 취한 그녀였다.

따로 장점은 없지만 여러 가지를 할 수 있는 그녀이니 돕는 데는 문제가 없기 때문. 아니 문제가 없는 정도가 아니라 그녀가 끼면 분명 도움이 됐다.

백지장도 맞들면 낫듯 한 사람보다는 두 사람이 하게 되면 분명 더 나을 수밖에 없으니까.

무인으로서 자존심이 강할 법도 한데, 그녀로서는 꽤나 현실적으로 돕는 방법을 선택한 셈이었다.

어쨌거나 그러다 보니 그녀는 주변을 한참이고 살필 때가 많았다.

자신이 도울 거리가 있는 게 아닌가, 하는 생각으로 살피는 거였다.

대부분은 제갈소화를 돕는 데 시간을 쓰기는 한다.

어쩌다 보니 명학은 당기재와 얽혔고, 운현은 주로 혼자 조사를 하다 보니 그녀가 낄 겨를은 없다시피 했다.

해서 이번도 처음에는 제갈소화가 살피고 있었다.

"……."

일을 할 때면 무서울 정도로 집중을 하고, 말수가 적어지는 제갈소화.

미친 듯 하나에만 집중을 하는 그녀는 때로, 그 집중력 때문에 여러 가지를 빼먹는 경우가 있었다.

나무 하나에만 집중을 하다 보니, 바로 그 옆의 나무는 또 살피지 못할 때가 있달까?

숲을 못 보는 정도는 아니지만, 때로 그게 단점으로도 작용하는 경우가 있는 터.

그러다 보니 제갈소화가 미처 발견하지 못하거나, 찾지 못한 걸 남궁미가 도와주는 게 거의 일상이 되어 가고 있었다.

해서 남궁미가 제갈소화를 살펴본 거다.

혹시나 도울 게 없나. 과하게 집중을 하다 보니 다른 게 빼먹은 게 없나 하고 습관적으로 보고 있었달까.

하지만 지금 조사하는 곳은 이미 전에도 조사를 했던 곳인 터.

'오늘은 내가 필요 없을지도…….'

처음 오는 곳이라면 빼먹을 만하기도 하지만, 지금은 이미한 번 조사를 거쳤던 곳이라 그럴 확률이 극히 낮았다.

그러다 보니 처음 제갈소화를 살피던 그녀로서는, 낄 만한 곳이 없었다.

당기재나 이명학도 마찬가지.

그들은 그 둘만의 방식으로도 죽이 잘 맞는지라, 남궁미가 낄 만한 곳은 또 없었다.

덕분에 지은 죄도 없는데 괜히 마음이 불편했던 남궁미다.

다들 조사에 열심히인데, 자신이 주도적으로 껴서 도울 만한 것이 없었기 때문.

그러다 보니 평소처럼 제갈소화를 바라보기보다는 운현을 바라봤다.

'심상찮아.'

해서 가장 먼저 보게 된 거다.

평상시와 다른 심각함을 가지고 있는 게 분명하다.

특유의 둔감함을 가진 운현은 잘 모르겠지만, 남궁미나

제갈소화는 운현을 꽤나 주시하고 있는 터.

그러다 보니 확실하다.

지금의 운현은 평상시와 분명 다르다.

조사를 할 때의 작은 긴장 정도가 아니라, 분명 뭔가 다른 것을 눈치챘으니 가질 수 있는 긴장이었다.

'도울 게 있을 거야.'

남궁미로서는 이제서야 자신이 나설 때라 여겼다.

평소처럼 제갈소화를 도울 수도 없는 상황에서, 평상시랑 다른 운현에게서 뭔가 도울 것이 있겠다 싶은 게다.

스윽.

일단 결정을 내리면 움직이는 그녀답게 바로 운현을 향해서 움직이는 남궁미였다.

그렇게 해서 운현의 옆에 가자마자.

"아. 남궁 소저."

운현이 집중이 깨어진 듯, 움막에 있던 사체 보기를 그만두고서 남궁미를 바라본다.

'실수였나.'

운현을 도울 생각으로 왔지, 집중을 깰 생각은 없던 남궁미다.

그렇다 보니 괜히 자신이 와서 운현의 집중을 깬 것은 아닌가 싶었다.

지금 상황에서 집중을 깨봐야 좋을 것이 없다는 건 충분히 아는 그녀였으니까.

괜히 입술을 꽈악— 깨물어 보는 그녀다.

'도움이 돼야 하는데…….'

도움이 되기는커녕 되려, 피해만 줘서야 되겠는가.

거기다 다른 이도 아니고 운현인데? 괜히 마음이 쓰이게 되는 그녀였다.

하지만 그녀의 염려와는 다르게 운현은 되레 남궁미가 온 것을 다행이라 여겼다.

지금 상황에서 그녀는 확실히 도움이 될 거라 봤다.

"남궁 소저, 이 사체를 살펴보지 않겠어요?"

"으음…… 네."

자신이 실수했을지 몰라 주춤거리던 남궁미. 그녀의 얼굴이 운현의 말을 듣고서야 환히 펴진다. 자신이 방해하기보다는 도움이 될 수 있음을 깨달은 거다.

'어디…….'

조심스럽게 사체를 살피는 남궁미였다.

하지만 당장 뭔가가 이상하다고는 느껴지지 않았다.

'역병 걸린 다른 시체랑 다를 게 없는데…….'

이상한 기운이 맺혀서 썩지 못했던 시체들은, 말 그대로 썩지를 못했다.

하지만 이 사체는 분명 썩고 있었다.

죽은 시체가 썩는 건 당연하니 부자연스러운 것도 없었다.

전에도 이러했고, 지금도 그러하다.

그때나 지금이나 썩고 있는 건 같다.

그런데.

"어?"

"눈치챘나요?"

"아…… 그런 거 같아요."

그 당연함에 부자연스러움이 섞여 있었다!

운현과 남궁미가 이상한 기색을 내보이자.

"무슨 일이야?"

"음?"

"뭐죠?"

각자의 방식으로 살피고 있던 나머지 셋도 주목을 하기 시작한다.

이번에도 성과가 없을 거라고 여겼는데, 운현과 남궁미가 무언가 찾아냈다 싶은 것을 뒤늦게서야 눈치를 챈 거다.

다들 자연스럽게 모여든다.

그런 그들을 바라보면서 운현이.

"확실하지 않지만, 미묘한 걸 찾았습니다."

"미묘해요?"

"예. 우선은 같이 살펴보시죠."

설명보다는, 같이 관찰하기를 종용한다.

'확실함을 더해야 해.'

그로서도 아직 확실하지 않기에, 일행의 도움을 받아 더욱 확신을 얻기 위해서였다.

第三章
의원의 역할

"흠…… 썩는 시체지 않소?"

가만히 살피던 당기재가 말한다.

물론 썩고 있는 상태다. 그리 보기는 좋지 못한 상태다. 그 외에 특이점은 보이지 않는다.

성실하기만 한 명학도 이런 쪽으론 둔하지 않나.

"으음……."

달리 말을 하지는 않지만, 당기재와 같았다.

그도 별다른 것을 발견해 내지 못한 눈치였다. 무언가 발견을 했더라면, 당기재의 말에 첨언이라도 했을 거다.

대신 눈치가 빠른 쪽은 남궁미와 같이 조사를 하던 재갈소화였다.

"이거 설마……."

"눈치 채셨습니까? 아직 확실치는 않지만요."

그녀는 빠르게 눈치를 챘다.

"예. 알 거 같아요. 음…… 그래도 역시 확실하다고 말하긴 어렵네요? 환경에 따라 다르기도 하니까요."

"그게 문제죠. 그래서 여럿 찾아보기는 해야 할 거 같습니다."

그리고 무엇을 해야 할지도 바로 알았다.

하나만을 보고는 판단하기는 힘드니, 여럿을 보아야 알 수 있음을 바로 파악한 것이다.

운현도 그걸 알기에 계속해서 대화를 두런두런 나누는 터.

그때 가만 바라보던 당기재가 답답한지, 가슴을 탕탕 치면서 끼어든다.

"허어. 대체 어떤 것이기에 그런 것이오? 지금 이곳에서 뭐 다른 게 있다고……."

"으음……."

명학도 달리 말은 하지 않았지만, 당기재와 비슷하게 답답해하는 표정을 짓는다.

오랜만에 실마리라는 걸 찾을 수 있어설까.

아주 조금이나마 여유라는 걸 가진 운현이 빙긋 웃을 뿐 다른 말을 않는다.

"아이고. 내가 이러니까 앓느니 죽지."

당기재는 평소의 성격답게 답답해한다.

대체 어디서 이상한 점을 찾았는지 알고 싶어 하는 눈치였다.

그걸 보다 못한 명학이 묻는다.

"대체 무엇이 다른 것이더냐?"

아무리 그래도 명학은 형이지 않나. 말을 않기가 애매했다.

아쉽기는 하지만, 운현은 겨우 찾은 실마리를 말해 준다.

"기간의 문제입니다."

"기간?"

"예. 썩는 기간요. 부패란 게 그리 빠를 수만은 없지만, 대부분 비슷비슷하죠."

"특수한 환경이 아니고서는요."

운현의 말에 제갈소화가 첨언을 해 준다.

바른 설명이었다.

사람이든 동물이든 죽으면 썩는다.

그리고 그 기간도 대부분 비슷했다.

어디 눈 덮인 설원 같은 어떤 특수한 환경에 있지 않고서야 부패의 정도는 비슷비슷할 수밖에 없었다.

그런데 지금 눈앞의 사체는.

"아 설마……."

"그렇군!"

부패가 시작되기는 했는데 늦다.

움막의 안이기는 하지만, 다른 곳에서도 집 안에서 당한 자들은 있다.

실내여서 특수하다고 하기에는 뭔가 환경이 특별히 다를 것이 없었다.

속도가 느려야 할 달리 특수한 이유가 없다.

"형님이 이 움막을 가장 먼저 왔었다고 했지요."

"그렇지. 그때도 이랬다."

처음 길을 잘 모를 때 마을이 아닌 이쪽부터 왔다 들었다. 그때도 이런 상태였다.

그리고 기운의 확인을 위해서 당기재와 왔을 때.

"그 뒤에 당 대협과 함께 왔고요."

"흐흠…… 그렇습니다. 특별히 이상할 것도 없다 생각했습니다. 그때는요."

그때도 달라진 게 없었다.

거기에 핵심이 있었다!

"그런데 지금과 달라진 게 있나요?"

"……없구려."

"없다."

그 뒤에 조사를 하러 왔을 때도 달라진 게 거의 없었다.

아주 미묘하게 조금 더 부패가 진행되었을 뿐. 그 이상 어떤 변화가 없었다.

느려도 너무 느렸다. 이상하지 않은가?

부패의 속도가 달라야 할 어떤 이유가 아닌 것도 아닌데 왜 느릴까.

그게 진정 핵심이었다!

"뒤늦게 시작하기는 했지만, 제가 전에 왔을 때와도 많이 달라지지 않았다는 게 웃기지 않습니까?"

"하…… 그렇게 보니 그렇군."

"썩지 않는다라는 것에만 너무 집착을 했군. 천천히 썩는 것도 뭔가 문제가 있는 게 아닌가!"

당기재의 말마따나, 혼종된 기운을 가진 사체에만 너무 집착을 했던 거다.

동창이든 누구든 간에 썩지 않는 시체를 처리했다면, 어떤 식으로든 처리를 하는 방법이 있었을 터.

어떻게 처리했는지는 몰라도, 화골산 같은 것으로 완전히 녹일 수도 없는 일이니!

흔적이 남아야 하는 게 맞았다.

그리고 그 흔적을.

"이제 조금이나마 실마리를 찾은 느낌이군!"

"그래도 한번 확인을 해 봐야겠지요!"

조금은 찾았을지도 몰랐다.

*　　　*　　　*

"여기 이거."

"흐음…… 이것도 이상하긴 하구려."

사체를 모으기 시작했다. 아주 조심스럽게. 상하지 않도록.

또한 인간 된 도리로서 문제가 없도록 아주 조심스럽게 움직인 것은 당연한 이야기였다.

그렇게 하나, 둘씩.

조금이나마 이상한 상황에 있으면 조심스럽게 옮겼다.

"많구려……."

"후. 좋지 못한 거지요."

"그래도 조사는 해야 하니…… 또 어쩔 수가 없구려."

"그렇죠."

황천현 주변에 있는 사체들을 모으니 그 수가 꽤 됐다.

이상한 기운이 머물렀던 그 사체보다는 못하지만, 분명히 이상하도록 느리게 썩는 것들이었다.

대체 이유가 뭔지 몰라도 보통 이렇게 되면 시독이라도 생성이 돼야 하는데 그런 것도 없었다.

'마치 기운이 지워진 느낌이다.'

처음 아무 생각 없이 볼 때는 몰랐다.

하지만 잘 보면 볼수록, 이상하기는 했다.

시독의 기운. 오염된 기운. 부패의 기운. 그러한 것들도 분명 맺혀져 있어야 하는데 그게 적다.

또한 부패의 속도도 매우 느리다.

되려 운현이 썩지 않는 사체를 정화하면 파사삭 하면서 완전히 사라지곤 하지 않는가.

그런데 이건 또 그렇지가 않다.

이런 사체들만 아주 시간이 느리게 가는 느낌이었다.

여기에 분명히 실마리가 있었다.

그리고 그 실마리를 제대로 찾기 위해서는.

"휘유. 잘할 수 있겠느냐? 이 형은 잘 모르겠구나. 이게 맞는 것인지……."

"……희생된 사람들도, 원인을 밝혀내길 원할 거라 생각할 수밖에요."

"그래. 그럴지도 모르지."

이들을 자세히 살펴봐야 했다.

역병으로 죽은 이들. 평범한 삶을 살다가 아무런 영문도 모르는 채로 죽었을 이들을 아주 꼼꼼히 살펴봐야 한다 이 말이다.

사체를 꼼꼼히 살펴본다 하는 게 뭐겠는가?

'……법의학은 잘 모르긴 하지만.'

검안 혹은 부검이다.

운현이 살았던 전생에서야 사망 종류, 사인, 사후 경과 시간, 치사 방법, 사용 흉기까지도 맞추는 무섭도록 높은 수준을 자랑했다.

어떤 때는 무엇에 중독됐는지까지도 알아내는 것이 전생의 수준이다.

하지만 지금의 운현으로서는 그 정도까지는 힘든 일일지도 몰랐다.

완전히 전공을 해내지는 못했으니까.

일반인보다는 잘 안다고 하더라도, 법의학을 전문으로 하는 자보다는 부족할 수밖에 없다.

특히 이런 상황에서 사후 얼마나 됐는지 알아낸다거나 하는 건 너무도 어려운 문제다.

다만 운현은 전생에서는 불가능했지만 현생에는 알아낼 수 있는 게 분명 있었다.

바로.

'기운이지. 겉으로 드러나지 않는 어떤 기운이 분명 있을 수가 있다.'

운현이 가지고 있는 특유의 기감!

미세한 것을 바라볼 수 있는 그 특유의 기감을 어느 정도 믿고 진행하는 거였다.

겉으로는 드러나지 않지만, 어떤 식으로든 그 혼종된 이상한 기운이 작용했을 것을 찾아보려 하는 거였다.

그렇게 함으로써!

오로지 죽음. 온갖 부정적인 기운이 머금어 있었던 게 분명할 그것을 어떻게 처리했는지만 알아내기만 하더라도.

'실마리가 더욱 커지겠지.'

지금까지 묻혀 있던, 어떤 진실에 도달할 수도 있음이었다.

그렇기에 운현은 자신의 기감을 한껏 끌어 올린다.

"후. 그럼 나는 주변을 살피마."

"나도 나가 있겠소."

자연스레 나머지 당기재나 명학은 자리를 피한다. 남궁미도 마찬가지였다. 대신에.

"……휴우. 해 보죠."

제갈소화. 그녀만은 남는다.

완전하지만은 않지만, 의명 의방에 있으면서 운현을 여러 가지로 도왔던 그녀 아닌가.

그렇기에 조금이나마 도움이 될까 해서 남은 거였다.

"……부탁드립니다."

차아악.

수술도구였지만, 오늘만큼은 부검도구로 쓸 만한 것들을
펴든다.

그중 하나를 고른다. 그리고 조심스럽게.

"후우……."

들어올린 운현이 부검을 시작했다.

* * *

생각해 보면 그동안 눈치채지 못한 게 이상할 정도다.

'이렇게 느린데…….'

썩지 않는다라는 것.

그것 하나에만 사로잡혀서 주변을 살피지 못한 거다. 뼈
아픈 실수라고도 할 수 있다. 그게 아니었더라면 좀 더 빠르
게 알아챌 수도 있었을 거다.

'이제 실마리를 잡은 거다.'

이 부검이 제대로만 이루어진다면!

그때는 지금처럼 막막하기만 한 상황이 아니라 더 큰 실

마리를 가지고서 움직일 수 있게 될 거다.

그렇기에 운현은.

"⋯⋯."

그 누구보다 무섭게 집중을 했다.

한참을 사체를 살펴본다. 도구를 든 채로.

어디서부터 어떻게 부검을 할 것인가를 가늠한다.

어떤 방식이 법의학을 전공하지 못한 자신에게 최대한의 효율을 가져다 줄 수 있을지를 생각한다.

그렇게 끊임없이 바라보다가 이내.

'⋯⋯복부부터 가자. 그쪽이 가장 느리지 않는가.'

찾아낸다.

비슷비슷하기는 하지만, 그중에서도 가장 부패가 느린 쪽을 가늠해 낸 것이다.

정해졌는데 망설일 필요가 있겠는가.

찌이익—

검술을 익힌 그의 손에 들린 수술 도구가 명검이라도 되는 듯 순식간에 복부를 절개해 낸다.

살려야 하는 수술이었더라면, 당장 흐르는 피부터 걱정을 해야 할 거다. 하지만 우선은 부패를 하기 시작하면서 생성된 가스가 나오기 시작한다.

사체에 찬 가스다.

이리저리 썩어가면서 많이 빠져나갔다지만 일부는 남아 있었다.

그리고 그 안.

'특이하다 못해 괴이하군. 그래도 생각이 맞았어!'

여태까지는 직접적으로 보지 못했던 안을 바라본다.

그리곤 확신을 얻는다.

정상적으로 부패한 곳도 있지만, 전혀 부패하지 않은 듯 보이는 곳도 있다.

보통의 사체가 이럴 수는 없었다.

이건 아무리 법의학을 전공하지 못한 자라고 하더라도 뭔가 이상하다는 걸 알 만했다.

뒤늦게 이런 부검 작업을 시작한 게 후회스러울 정도다.

하기야 전생에서도 고인에 대한 모독이라 생각해서 부검을 반대하는 이들도 분명 있었다.

그들이 잘못된 주장을 하는 게 아니다.

어쨌거나, 여러 이유로 부검을 이제야 하게 되었는데 이건 시작을 하자마자 성과가 있었다.

뭔가 이상한 게 있다는 걸 알아냈다. 그래도.

'여기서 멈출 수는 없지. 더 살펴야 한다.'

안을 더욱 살펴봐야 했다.

저들이 썩지 않는 시체를, 느리지만 썩게 만들 수 있다는 것을 확인했다.

운현처럼 선천진기를 사용하는 방식은 아니더라도 그들만의 방식이 있는 거다.

그러니 이렇게 다른 사제들과 같이 놓고서 위장을 했겠지.

들키지 않으리라 생각했을 거다. 그도 아니면 운현이 보낸 의원들이 하남성 곳곳에 퍼지다 보니 급하게 작업을 하게 된 것일지도 몰랐다.

어느 쪽이든 상관은 없다.

우선은 그들이 그들만의 방식으로 처리를 했을 거고, 그렇게 처리를 했다면 분명히.

'흔적이 남았겠지.'

어떤 흔적이 남을 게 분명했다.

사람이 하는 일인데 안 남을 수가 없었다. 하나로 찾지 못하면 다른 곳에서부터 찾으면 될 일이었다.

지치고 힘듦에도 끊임없이 조사를 해 왔듯이 가능만 하다면 부검도 몇 번이고 해낼 수 있다.

비록 그것이 조금은 부담스러운 일일지라도,

'해내야지.'

더한 희생이 나오지 않게 하기 위해서. 또 다른 방식으로 역병을 퍼트리기 전에 막기 위해서라도 그가 해야 할 일이었다.

이미 이 일에 발을 디디게 되었으니까!

그렇기에 운현은.

"더 깊게 들어가 보겠습니다."

"……예."

처음 하는 일에 힘들어하는 제갈소화를 보고도 애써 재촉을 한다.

'더 본다. 더.'

조금이라도 진실에 근접하기 위해서. 끊임없이.

찌이이익—

더 안을 살피기 시작한다.

第四章
실마리를 키우다

부검을 시작한 장소 자체가 조심스레 마련된 곳이다.

여기저기 동창의 시선이 있는지라 조심스레 자리를 마련할 수밖에 없었다.

아직 완벽하게 밝혀진 것은 없지만, 동창도 이번 일의 후보로서 자유롭지는 않기 때문이다.

그래도 천하의 동창이지 않은가.

언젠가는 운현이 의심을 하고 있다는 게 밝혀질 수도 있었다.

그때가 되면 운현에게 호감을 가진 송상후라고 하더라도 섭섭함 이상으로 꽤 상심이 클지도 몰랐다.

그래도 어쩔 수 없는 일이었다.

당장 가장 중요한 것은 보안일 수밖에 없었다.

그렇기에 밖으로 나와 있는 그들 셋도, 운현이 부검을 하고 있는 바깥에서 최대한 조심스레 주변을 살피고 있었다.

혹여나 다른 자가 오지 않을까 하는 그런 마음에서였다.

다행스럽게도.

'당장은 없는 듯하군.'

어떤 기척이 느껴진다거나, 누가 온다거나 하지도 않았다.

보안을 위해서 처음부터 장소를 잘 잡은 덕분인 거 같았다. 다행이었다.

그러다 보니 아주 작은 여유가 생긴다.

먼저 입을 여는 쪽은 의외로 명학이었다.

"잘될 거라 보십니까?"

"모르지요. 몰라. 이 부분은 이 당 모로서도 모르겠습니다. 당장은 알 만한 사실이 없으니……."

당기재로서도 부검이 뭔지는 알아도 그에 관한 지식이 깊을 수가 없었다.

그렇다 보니 명학이 아무리 물어본다고 하더라도 어찌 대답을 해줄 수가 없었다.

다만 그나 명학이나 똑같이 원하는 것이 있다면.

"그도 그렇긴 하지요. 흠…… 잘 되었으면 하긴 합니다."

"그렇지요. 어서 성과가 나오긴 해야지요. 하하, 이거 참. 짧을 거라 생각했던 일이 꽤 길어지고 있습니다."

부검의 결과가 좋았으면 하는 거다.

아무런 성과가 없는 채로 계속 있는 것보다는 이제는 어느 정도 성과가 있었으면 하는 마음이었다.

당기재의 말마따나 생각지도 못하게 일이 길어지고 있으니 그럴 만도 했다.

운현이 보낸 제갈소화나 남궁미에게 어떤 제안을 받고 왔을 것이 분명한 당기재 아닌가.

그로서는 이 일이 정말 길어질 줄을 몰랐을 거다.

지금에 와서 발을 빼기에는 너무 깊게 담근 터.

오래된 일 같지만 기묘한 사내나, 강시 같은 자들. 그들과 직접적으로 은원도 맺게 되었으니 무림에서 은퇴를 할 생각이 아니고서야 발을 뺄 수도 없는 상태다.

그 부분에 괜히 안쓰러운 듯 명학이 위안을 건넨다.

"고생이 많습니다."

"아닙니다. 고생은요. 경험이죠. 이럴 줄 알았으면 가문에서 이것저것 더 챙겨올 걸 그랬습니다. 일이 꽤 커지고 있으니까요."

다행히 당기재로서는 지금의 상황을 그리 나쁘게만 바라보고 있는 건 아닌 듯싶었다.

다행이었다.

"경험이라…… 그 부분은 확실히 크지요."

"그렇지요. 당가에 있을 때까지만 하더라도 무림이 이리 어지러울 줄은 몰랐습니다. 아니, 아예 중원 전체가 그러하지요."

"심각하지요. 호북도 그러하고 호남도 그러하다던데…… 요즘은 사파 무인들도 이상하다는 소문도 있으니."

"쯧. 어찌 돌아갈는지 모르겠습니다."

이야기를 하다 보니 자연스레 중원의 정세로 화제가 넘어간다.

중원에서 나고 자라고, 무림이라는 세계에 자연스럽게 들어오게 된 둘이 아닌가.

그러다 보니 할 이야기는 많았다.

당장 호북에서 이상한 일이 많이 벌어졌다는 것. 호남에 있는 사파의 무리가 심상치 않다는 것.

이번 역병의 사태도 알아봐야 한다는 것.

역병 사태를 알아낸다고 하더라도 황녀를 만나러 가게 되면 또 그건 그거 나름대로 꽤 거창한 일이 될 수도 있다는 것도 중요했다.

여기에 운현이 보낸 의방 의원들을 다시 모이게끔 하는 것도 일이었으며.

"동창이 관련이 있을지도 모른다는 게 정말 크군요."

"그게 정말 문제긴 하지요. 후우."

그들의 예상대로 동창의 무사들이 정말 관련이 있다면 그때는 최악의 상황이 될 거다.

드러난 것만 해도 암중 조직에 사파, 의선문 의원들도 일부 의심스럽고, 지금까지 활약을 않고 있는 소림도 이상하다.

기묘한 사내의 조직도 다른 조직일 수 있었다. 강시도 문제고, 역병에 황녀까지도 모두가 굵직굵직하다.

거기에다가 동창이 끼게 되면?

'최악이지.'

정말로 최악인 상황이 일어나게 된다.

정황상 동창이 끼어 있을 확률이 높기는 하지만 마음 같아서는 제발 끼어 있지 않았으면 하는 상황이다.

끼어 있다고 하더라도 아주 일부가 끼어 있었으면 하는 마음이랄까.

이 일에 발을 들이고부터는 너무도 거대한 태풍이 일어나고 있었고, 그 한가운데에서 어렵사리 버티고 있는 느낌이 들곤 하는 둘이었다.

아니, 생각을 해보면.

"신의는…… 전부터 지금의 사태에 관련이 있었다고 했

지요?"

"그렇죠. 토사곽란의 사건 이후부터는 쭉…… 여러 일이 있었던 걸로 압니다."

"하. 그때부터라…… 꽤 오래됐군요."

"생각해 보니 그렇긴 합니다."

어쩌면 운현은 그 전부터 이런 상황의 한가운데에 항상 있어 왔다.

그 모든 일의 사건에 우연이든, 아니든 간에 여러 가지로 간섭을 해 왔고, 간섭치 않고 싶어 하더라도 관련이 있어 왔다.

새삼 그걸 실감하게 된 당기재와 이명학이었다.

그걸 깨닫자.

"……신의는 정말 대단한 자일지도 모르겠습니다. 이 숱한 일들을…… 하……."

"그럴지도요. 정말 하나, 하나가 굵직한 것들이긴 하군요."

"굵직하다 정도겠습니까. 때로 이런 생각도 듭니다."

"어떤 생각 말입니까?"

"이 모든 게 거대한 어떤 이의 음모일지도 모르고…… 그걸 막고자 신의를 보냈을지도 모른다는 그런 생각이 들면 비약이 심하겠습니까?"

"······."

당기재의 말에 명학은 아무런 말도 하지 못했다.

다른 누가 그런 말을 했다면 말도 안 되는 소리라고 일축을 했을지도 몰랐다.

아니 꼭 당기재가 아니더라도, 명학이 이런저런 일에 곁가지로나마 끼지 않았더라면 말도 안 되는 소리라 했을지도 모르겠다.

하지만 지금 일을 겪고 보니, 워낙 다사다난한 사건들이 몰려 있지 않는가.

우연치고는 너무 많은 일들이 운현에게로 몰려들 듯 생겨나고 있었다.

그러니 당기재의 말마따나. 어떤 거대한 음모가 중원 전체를 흔들고 있는 걸지도 몰랐다.

그리고 거기에 선택이 되었든, 인연의 사슬로 얽혔든 그 한가운데에서 운현이 힘들게 분투를 벌이고 있는 느낌이었다.

분명, 한 사람이 감당하기에는 너무도 힘든 일. 그럼에도.

'잘해 오고 있지. 하지만······.'

운현은 분명 잘해 오고 있다.

허나 명학이 염려를 하는 대로 운현이 더 버티지 못할 그런 일들이 생긴다면, 그때는 운현이라고 해도 무너질 수도 있었다.

지금까지는 잘해 왔지만 언젠가 이 큰 태풍에 의해서 정말로 큰 파도가 몰아쳐서 운현을 무너트릴 수도 있는 것이다.

그때가 올 때면 명학 자신은 뭔가 도울 수 있는 게 있을까?

'……어려울지도 모르지. 그래도 그런 때가 설마 온다면.'

그런 상황이 정말로 온다면, 지금의 결심처럼.

'모든 것을 다 걸어야겠지.'

애써 운현이 살려준 것이지만 목숨마저 걸어서 막아야 할 결심까지 하는 명학이었다.

어차피 자신은 운현을 통해서 새 삶을 다시 얻은 것이나 다름없지 않은가.

그게 아니라 하더라도 형으로서 동생을 위해서 희생하는 것 정도야, 거리낌도 없었다.

무당에 입산하여, 여러 가지로 받은 은혜가 있었으며, 소중한 스승도 있었으나 그 스승도.

'이해해 주실 거다.'

만약 그러한 때에 명학이 그런 선택을 한다면 이해를 해 줄 거다.

자신의 스승은 그런 이해도 못 할 정도로 작은 인물은 아니었으니까.

되레 겉으로는 드러내지 않으면서 구슬프도록 슬퍼하겠지. 자신의 제자를 잃는다면 그는 평생을 두고 멍에처럼 짊어지고 갈 사람이다.

그럼에도 운현에게 무슨 일이 생긴다면 그때는 분명 다른 선택은 안 할 거다.

무슨 일이 있더라도 도울 거다. 어떻게든.

당기재도 비슷한 생각을 하게 된 걸까.

"……잘해 봅시다. 이 일의 끝이 어떻게 되든, 거대한 음모가 정말 있든 없든 간에 말입니다."

"물론입니다."

"후후. 혹시 또 누가 압니까. 정말 큰일을 치르고 살아남으면 그때는 무림의 명사가 될지도요?"

"하핫, 그거보다는 우선 더 일이 없기나 바랄 뿐입니다. 어서 해결만 하고 넘어갔으면 합니다."

"……그거 저도 동감입니다! 후후."

당기재의 눈빛이 빛나고 있다.

어떤 이유에서인지는 몰라도 명학과 비슷한 눈빛을 하고 있었다.

그게 정파인으로서 자란 기개일지, 한 명의 사람으로서 일신의 입신양명을 원해서 그러한 것일지는 상관없었다.

그 이유야 무엇이든 간에 이런 큰일에 발을 디디고도 도망을 가거나 내빼기는커녕, 끝까지 함께 하려는 것이 중요했다.

이런 거대한 일에서, 지금과 같은 어두운 상황에서는 한 사람이라도 더 손을 맞드는 것이 중요했다.

다른 이들도 마찬가지일 거다.

"……."

조용히 그런 둘을 바라보고 있는 남궁미도, 분명 같은 마음을 가지고 있을 거다.

저 멀리 있는 의명 의방의 수많은 무사들과 의원들. 그리고 아직 자라고 있을 의방의 아이들도 모두 마찬가지일 거다.

운현. 모두를 이끌어 가고, 끊임없이 격랑이 이는 태풍의 안에서도 어떻게든 해내는 그에게 반해서 있는 모두가 아닌가.

그러니 분명 같은 마음일 거다.

이리 버티고 또 버틴다면 언제고, 고생 끝에 낙이 올는지도 몰랐다. 고생치고는 너무 큰 고생이기는 하지만 말이다.

"그때까지는 잘 부탁합니다."

"저야말로!"

*　　　*　　　*

그렇게 모두 새로이 각오를 다지고, 주변을 살피며 기다리기를 한참.

두 시진 정도도 더 되는 시간이 지났을까.

분명 해가 중천일 때에 부검을 시작했는데, 해가 지고서도 운현은 나오지를 않고 있었다.

주변을 살피느라 한참 집중을 하던 당기재나 명학도.

"흐음······."

"오래 걸리는구려. 예상 밖으로······."

조금은 지쳐갈 때쯤.

"음?"

변화가 생겨났다.

주변이 아니었다. 그들이 지키고 있는 바로 뒤. 임시로 마련한 부검실에서 인기척이 들려 왔다.

남궁미를 비롯한 셋이 뒤를 바라보자.

"후으."

"······."

부검을 하기 위해서 들어갔던 운현과 제갈소화가 모습을 드러냈다.

거의 세 시진쯤 되는 시간이 지나가기는 했지만 생각 이상으로 초췌해 보이는 둘이었다.

'고생했군.'

부검을 하기 위해 들어가서 한참을 씨름하고 있었던 것이 분명하다.

그렇지 않고서야 둘 모두가 저리도 초췌할 이유가 없었다.

어쨌거나 둘 모두 무림인이고, 그런 무림인들이 몇 시진을 서서 작업을 했다고 해서 초췌해질 이유는 없기 때문이다.

육체적으로가 아닌 정신적으로 꽤나 힘든 상황에 있었던 게 분명하다.

"……."

"음."

운현이나 제갈소화를 목이 빠지도록 기다렸던 그들로서는 당장 다가가서 어찌 결과가 나왔는지 물어보고 싶은 터.

하지만 그들이 힘들어하는 모습을 보아하니 괜히 이야기를 꺼낼 수가 없는 상황이다.

그래서인지 아무런 말도 하지 못하고 있는 차에.

"……."

운현이 기운을 돌리기 시작한다. 제갈소화도 금방 운현이 무슨 의미로 그리하는지를 알고 금방 기운을 돌린다.

반각도 안 되는 시간이 지나가고.

"후우."

운현이나 제갈소화나 잠시 기운을 돌린 덕분인지, 조금은 피로가 가신 얼굴로 결과를 기다리고 있는 셋을 바라본다.

"결과가 나왔습니다."

"어땠습니까? 성과는 있는 것입니까?"

"그래. 어떤 것이더냐?"

"……."

남궁미마저도 몹시 궁금하다는 표정을 해 보인다.

운현이 그런 그들을 바라보고서는 가만 말을 이어간다.

"들어가서 이야기를 해 봐야 할 거 같습니다. 우선은 뒷정리를 하고요. 짧지만은 않은 이야기일 거 같아서요."

아쉽게도 당장은 들을 수 있을 상황이 아닌 거 같았다.

당기재나 명학 모두 동시에 아쉬운 표정을 짓는다. 그러다 이내 수습한다. 지금 아쉬워한다고만 해서 더욱 빨리 들을 수 없음을 알기 때문이다.

"하 참. 이거 답답하지만 어쩔 수 없겠구려."

"그래. 그럼 뒷정리부터 하도록 하자."

대신에 어서 결과를 듣고 싶은 마음만큼이나 분주하게 움직이기 시작한다.

＊　　　＊　　　＊

겉으로 보이는 것은 전부 치웠다.

실상 외부에는 드러내 놓고 한 것이 거의 없어서 그것 자체는 시간이 얼마 걸리지 않았다.

문제는 사체.

허나 사체를 치우는 것까지는 당장은 뒤로 미뤄졌다.

화장을 해서 정리를 하는 것도 좋지만, 당장 일행의 표정을 보고 있노라면 그럴 수가 없었다.

"……."

"크흠……."

상황이 상황인지라, 따로 말로 표현은 않지만 표정이 말해 주고 있었다.

'어서 보고 싶다.'

라고. 표정과 눈빛으로 말하고 있었다.

여기서 더 안 보여주면 사람이 할 짓도 아닌지라, 운현으로서는 당장 뒤처리를 다 못 했다는 아쉬움을 달랠 수밖에 없었다.

대신에 궁금해하는 일행들과 제갈소화까지 포함해서 전부 자리를 잡았다.

"으슥하군……."

"흠……."

해가 져 가서 그럴까.

거기다 역병에 죽은 사체들까지 모여 있는 상황이다.

아무리 무공을 익힌 무인이라고 하더라도, 슬금슬금 땅거미가 지는 가운데 사체들과 함께 있는 것은 슬쩍 겁이 날 수밖에 없는 상황이었다.

그럼에도 부검의 결과가 어찌 나왔을지 궁금해하는 얼굴들을 보고 있노라면,

'호기심이 고양이를 죽인다는 말이 괜히 있는 게 아니지.'

운현의 생각처럼 호기심의 힘이 얼마나 대단한 것인지 알 만한 장면이었다.

웃기면서도, 서늘하고, 공포스러운 그런 분위기 안에서 운현의 입이 열리길 일행들 모두가 바라고 있었다.

"우선 부검의 결과로 성과가 나오기는 했습니다."

"어떤 것이오?"

역시 성격이 가장 급한 당기재가 운현의 말이 끝나자마자 물어 온다.

"이겁니다."

운현은 별다른 말 없이, 손에 쥐고 있던 주머니에서 뭔가를 꺼내들었다.

그건 구슬이었다.

투명한 유리구슬 같은 게 아니었다. 아녀자들이 좋아하는 보물 같은 화사한 빛을 내는 건 더더욱 아니었다.

그럼에도 요사한 빛을 냈다.

탁하고 어두우면서도 사람을 홀려내는 그런 빛이 스며 있는 구슬이었다.

"……기물(棄物)이군요."

"그렇죠."

귀물(貴物)도 못 된다. 버려야 하는 물건, 기물(棄物)이다.

상고시대에나 있다는 요괴라면 당장에 취하려고 달려들 것 같은 물건이지만, 역시 사람에게는 하등 쓸모가 있어 보이지 않았다.

굳이 이걸 좋아할 자를 찾는다면, 희귀한 물건을 수집하는 자 정도나 될까.

허나 이런 물건을 본다면 어지간히 수집을 좋아하는 자가 아니고서야 당장에 불길하다 내던질지도 몰랐다.

"자세히 보시려면 보시지요."

그런 걸 운현이 벌써 여러 개를 꺼낸다.

시간이 지난 만큼이나 많은 사체들을 부검했고, 덕분에 꺼내 들 수 있는 것도 여러 개였다.

가장 먼저 살피기 시작하는 건 역시 당기재였다.

불길한 듯 손끝으로만 잡아채기는 했지만, 그래도 꽤 빠른 움직임이었다.

"……"

"음……."

다른 이들은 한참 망설인다.

그러다가 어디서 났는지 장갑을 꺼내 들어서 잡는 남궁미도 있었고, 꺼림칙한 표정으로 뒤늦게서야 잡아채는 명학도 있었다.

제갈소화야 이미 한 번 살펴보았었던 전적이 있었던지라 따로 살피거나 하지는 않았다.

다만 당기재만이 가장 눈을 빛내면서 살펴볼 따름이었다. 그러다가 이내.

"얼핏…… 사기도 보이는구려. 거기에 독기는 당연히 있고. 음, 이 다음의 기운은 뭔지 알 수가 없군."

그 기운을 분석하기 시작했다.

운현이야 기운에 대한 깨달음이 따로 있어 그렇다고 쳐도, 당기재가 분석을 하는 건 꽤나 신기한 일이었다.

기운에 있어서 민감한 독공을 익혀서인지 무공이 일행 중에서 아주 특출나게 대단한 것도 아닌데도 그는 곧잘 이런 걸 읽어내곤 했다.

확실히 쓸 만한 인재다.

'기운을 읽는 것 하나는 꽤 대단하군.'

또한 그 모습을 보고 있노라면 운현으로서도 인정을 할 만한 모습이기도 했다.

"흐음……."

어쨌거나 당기재는 마지막까지도 읽지 못하는 기운을 자신의 능력으로 읽어내고 싶은 듯했다.

일종의 자존심을 걸었달까.

뭔지 알 수 없는 기운을 자신의 손으로 알아내야만 그 성미가 풀릴 듯했다.

"대체 뭔지…… 익숙한데."

고뇌하고 또 고뇌하는 모습.

다른 이들도 마찬가지였을까? 아니면 전에 없던 호승심이라도 생겨난 걸까.

"……."

"……."

남궁미나 명학 모두 말은 하지 않지만, 눈을 빛내기 시작하면서 한참 살펴보기 시작한다.

'말릴 수도 없군.'

그걸 오랫동안 바라보던 운현.

마음 같아서는 당장 설명하는 게 나을 거 같았지만, 지금 분위기를 보아하니 말리기도 힘든 눈치였다.

이상한 곳에서 자존심을 부리고, 또 생각지도 못한 곳에서 목숨을 걸기도 하는 무림인들이지 않은가.

이들도 자신들이 무림인인 것을 증명하기라도 하는 듯, 이상한 곳에서 불이 붙은 거다.

이럴 때에 말리게 되면 괜히 불똥만 튀는 경우가 있었다.

또한 상황이 급하기라도 하면, 당장에 설명부터 해 줘야겠지만.

'시간을 조금은 줄였지……'

저 기묘한 구슬을 얻게 됨으로써 생각지도 못한 수확을 얻은 상태다.

급한 문제라고 해도 아주 약간의 시간을 저들이 기운을 살핀답시고 할애하게 하는 것 정도는 가능했다.

대신에 운현이라고 해서 가만있지는 않았다.

집중을 하고 있는 남궁미, 당기재, 명학 이 셋을 그대로 두고서는 제갈소화에게 슬쩍 눈짓을 날렸다. 동시에.

[저희끼리 좀 발품을 팔아야겠습니다.]

전음을 날렸다.

갑작스러운 전음인데도 제갈소화는 전혀 놀라지 않았다. 대신 눈치껏 전음의 뜻을 알아챘다.

[그래야겠네요.]

그리곤 그대로 운현의 말에 동의.

집중하고 있는 셋을 두고 움직이기 시작했다.

어딘가로 멀리 떠나거나 한 건 아니었다. 이들을 두고 어디로 가는 것만큼 생각 없는 행위도 또 없을 거다.

대신에 이들이 집중하지 않고 있는 대상들.

역병에 걸린 사체.

그것들을 아주 조심스레 챙기기 시작했다. 부검을 했던 사체들도 마찬가지였다.

꺼림칙함보다는 안 좋은 일에 휩쓸렸다는 동정심을 가지고서 하나둘씩 바깥으로 옮기기 시작했다.

나머지 셋은 완전히 집중 상태에 빠진 건지 몰라도 계속해서 구슬만 바라보고 있는 상태.

그 상태로 운현과 제갈소화가 열심히 몸을 놀리기 시작했다.

그리고 얼마 가지 않아서 몇몇의 사체들이 모두 한쪽에 쌓이기 시작한다.

그 수가 적지는 않았다.

사실 단 몇의 사체라고 하더라도 사체는 사체.

게다가 역병에 걸렸던 사체니, 거부감이 들 수밖에 없었다.

"많군요."

"그만큼 희생이 있었다는 거겠지요."

"이 시체들 중에 역병을 옮겼던 자도 있을지도 몰라요."

"알죠. 그렇지만 그들도 무언가 사연이 있을지도 모르죠.

세상사가 마음대로 되겠습니까. 첩자이던 자도…… 자신도 모르게 첩자가 돼 있답니다."

환화세공을 이용해서 첩자를 잡을 때. 분명 그런 자가 있었다.

어려서 자신도 모르게 말려들어 가서는, 첩자로 활동하게 되었던 자. 그래도 의원으로서 그리 나쁘지는 않았던 자도 있었다.

세상은 역시 자기 마음대로 돌아가지만은 않는달까.

운현의 말처럼 자신이 원하지 않았음에도 어떤 큰 일에 휘말리게 되는 경우도 분명 있었다.

"세상사 마음대로 되지 않는다라…… 하기는 어쩌다 보니 엮이게 되었을 수도 있지요."

제갈소화도 그 점은 분명 인정했다. 하지만.

"예. 거기다 일단 죽은 자라면…… 어쩔 수 없이 죄는 용서해야 할지도 모르지요. 사체를 가지고 어찌할 수도 없지 않습니까."

"그럴지도요. 그래도 신의님은 가끔 보면 마음이 너무 여린 것도 같아요. 적은 적인데도요."

"하하. 그리 보입니까?"

"네……."

피에는 피로. 무력에는 무력으로.

복수는 복수로 갚는다는 말들을 따르는 무림 세가 출신인 제갈소화 아닌가.

그런 그녀가 보기에, 어쩌면 적이었을 자마저도 불쌍하게 바라보는 시선은 꽤나 여린 모습으로 비치기도 했다.

한 세월, 아니 한 세대가 지나서도 복수의 굴레를 끊지 못하는 무림인으로서 저런 모습은 용납이 안 되는 모습이었다.

설사 당한 이가 용서를 했다고 하더라도, 해를 가한 자가 되레 뒤가 두려워 멸문지화까지도 시키는 것이 무림의 무림인들 아닌가.

그런 상황에서 사정이 있을 거라 이해하며, 죽었으니 되었다고 용서라니.

여리디여린 모습이다.

하지만 그런 모습조차도. 신선하면서도. 또한.

'나쁘지 않아……. 그게 신의님다운 걸지도 모르니까.'

나쁘다는 느낌은 들지 않는 제갈소화였다.

어쩌면 그녀가 운현에게 너무 빠져들어서 그럴 수도 있었다. 그도 아니면.

'넓은 무림이니까…….'

이 넓은 무림. 복수만이 가득하고. 절치부심해서 원수를 갚는답시고 백정처럼 사람을 죽여 대는 곳에서.

운현 같은 이 하나 정도는 있어도 되지 않을까 싶은 그런 마음에서 운현의 저런 여린 모습조차도 좋게 바라보는 걸지도 몰랐다.

사실, 이런 각박한 무림이라고 하는 곳에서 저 정도의 동정심과 여린 마음을 가지고 살아남을 수 있다는 거 자체가 대단한 일일지도 몰랐다.

아주 잠깐의 인정과 동정.

그런 작은 이유만으로도 죽을 수 있는 곳이 무림인데도, 운현은 두 발로 버티고 서서 개인이 아니라 세력마저 이루고 있지 않나.

그렇기에 대단함 그 자체일지도 몰랐다.

독한 마음이 아닌 여린 마음으로도 이 무림에 두 발을 뻗고, 나아갈 수 있다는 걸 증명하고 있는 존재였으니까.

어쨌거나, 제갈소화가 잠시 멍하니 운현을 바라보는 그 상황에서도, 운현은.

"으차…… 다 된 거 같군요."

"예."

사체들을 마지막까지도 잘 정돈했다.

일행이 미리 준비해 놓은 기름 먹인 나무들을 배치하고 그 위에 사체들을 뒀다.

가는 길 나쁘지 않도록 잘 배치를 하고, 또 염을 하듯 부검을 했던 곳도 얼기설기 꿰매주기까지 했을 정도였다.

그리곤 그 상태로.

"……."

화아아악.

말없이 화섭지에 불을 붙였다.

후우욱!

불붙은 화섭지를 그대로 기름 먹인 나무를 향해서 던지자마자.

후오오오오!

거대한 불길이 일기 시작한다.

"……잘도 타는군요."

기다렸다는 듯이 부는 바람에 의해서 불은 금방 번지기 시작했다. 기름을 잘 먹여둬서 그럴지도 몰랐다.

순식간에 전체로 옮겨 붙은 화마.

그 화염이 억울하게 그도 아니면 사연이 있어서라도 죽었을 사체들을 뒤덮기 시작한다.

아주 빠르게 타들어 가기 시작한다.

대단한 염도 하지 못했으며, 부검을 하느라 제대로 장례도 치르지 못한 것이나 다름이 없다.

하지만 정성만큼은 그 어떤 장례보다도 부족함이 없도록, 운현은 마음을 경건히 한 채로 하염없이 불타는 것들을 바라봤다.

"......"

"......"

멍하니 그렇게 아무런 말도 없는 채로 시간이 흘러 지나간다.

第五章
기이한 기운

운현과 제갈소화가 나간 지 오랜데도 한참을 살펴보던 당기재와 나머지 둘이었다.

경쟁이라도 붙은 듯, 작은 구슬 안의 기운을 훑기 시작했던 셋.

"……."

"으음……."

시간이 흐르는 동안, 조금이라도 더 빨리 기운을 분석하려고 하고 있었다.

얼마의 시간이 흘러갔을까.

다들 나이 또래에 비해서는 기운을 잘 읽어낼지 몰라도,

운현에 비하면 기운을 읽어내는 것이 부족하기는 한 듯했다.

운현은 부검을 통해서 구슬을 찾아내고서부터는 금방 읽어냈는데도 불구하고 이들은 한참이 걸렸다.

그런데도 셋 모두 찾지를 못한 상황!

'찾아야 해.'

'찾아야 한다! 꼭!'

이쯤 되면 정말 자존심의 문제였다.

운현은 금방 찾아냈는데, 자신들은 이리도 못 찾아서야 쓰겠는가!

아무리 운현이 대단함을 인정한다고 하더라도 이건 그것과는 또 다른 문제였다.

눈이 시뻘게지도록 집중을 하고 또 집중한다.

없던 기감도 일으켜서 찾아보고 또 찾아본다. 하지만 당장 느껴지는 것은 다른 게 없었다.

사기. 독의 기운. 그리고 그 기묘한 무엇.

'정체가 뭐냐.'

그 기묘한 기운의 정체가 대체 뭔지를 알 수가 없었다!

아무리 계속해서 보더라도!

"흐음……."

결국 운현이 다 정리를 해 놓고 돌아올 때까지도 그들은 기운의 정체를 알아내지 못했다.

'생각 외의 수확을 얻은 상황이기는 하지만…… 더 시간을 끌 필요까지는 없겠지.'

시간이 많았더라면 이들이 알아낼 때까지 기다려 줬을지도 모른다.

가르침을 받는 것보다는 홀로 알아내는 것이 더 큰 경험이지 않은가.

운현의 설명 없이 알아내기만 한다면, 일행들도 기운에 관한 이해도가 한 차원 더 올라갈 것이 분명했다.

허나 아쉽지만 그럴 시간이 없었다.

지금은 이들의 기운에 대한 이해도를 올리는 것보다는, 이 올린 성과를 가지고 더 많은 것들을 파악케 하는 게 중요했다.

그렇기에 운현은 적당히 손짓을 하며, 일행의 주의를 환기시켰다.

"자자. 이제 본격적으로 이야기를 해야 하지 않겠습니까?"

"크흠……."

"아깝군."

"……."

그제서야 그 혼탁한 구슬에서 눈과 손 모두를 떼지 못하던 일행의 눈이 다시 운현에게로 돌아왔다.

물론 손은 그대로 혼탁한 구슬을 쥐고 있었다. 아주 꽈악.

처음에는 불길하다는 눈으로 잡지도 못한 사람들이 무슨 소중한 보물인 양 잡고 있는 게 웃기긴 했다.

구슬이 주는 두려움보다는, 호기심이 더욱 크기에 그러할 거다.

'역시 호기심이 제일 무서운 거지.'

저 구슬이 독이라고 해도 아마 바로 손에서 안 떼어놓을지도 몰랐다.

당기재는 되레 독이라고 하면 보물이라도 되는 양 품에 안을 거다.

당가에라도 가져가서 연구를 하려고 들겠지.

'독 성분이 전혀 없는 건 아니긴 하지…… 사용하기에 따라 독은 독이니.'

어쨌거나 이제는 말을 해줄 때가 됐다.

당기재가 말했던 사기와 독기. 거기에 더해서 알 수 없는 그 기운에 대해서 말을 해줘야 했다.

아직 정확히 명명된 것은 아니지만.

"나머지 기운 하나를 알 수 없으셨지요?"

"그렇소."

"저도 정확히 말씀드리는 건 역시 어렵습니다. 어떤 한 가지의 기운이라고 하기는 애매하거든요."

"한 가지의 기운이라기엔 애매하다?"

"예. 그래서 알아보기 힘들었을 겁니다."

사기면 사기. 생기면 생기. 죽은 자의 기운은 그대로 죽은 자의 기운으로.

그런 어떤 딱 하나다 싶게 기운이 정해져 있더라면 차라리 쉽게 찾았을지도 몰랐다. 하지만 이건 그런 게 아니었다.

"변질됐습니다. 거기에 섞였지요. 사기와 독기가 그 중심 이라 쉽게 보였지만, 그 안에 역병이 섞여 만들어진 기운도 내포됐습니다."

"하…… 그게 말이 되오?"

"기운 자체가 섞이는 게 보통 일은 아닙니다만, 이 구슬은 그리 되었더군요."

"……그럴 수가."

기운을 섞는 게 쉬울 리가 없었다.

아니 기운을 쉽게 섞을 수만 있다면, 그걸 무공으로 사용 할 줄만 안다면 무림의 판도가 달라진다. 감히 말할 수 있을 정도다.

화(火)의 기운에 냉기가 서린다고 생각해 보라.

화염에 냉기라니 서로 상충될 수도 있지만 잘 쓰게 되면 그건 그거대로 악몽이다.

상대가 화염의 기운을 사용해서 대항을 했는데 갑작스레

빙궁의 무공처럼 냉기라도 날리면 그건 그거대로 대응이 힘들게 된다.

설사 이미 알고 대응을 한다고 하더라도, 그건 그거대로 어렵다.

화공에 대응을 하는 것에 더불어 빙공에도 대응을 해야 하기 때문.

고수들의 싸움은 서로가 벌일 수 있는 수의 싸움이기도 한데, 여기에 새로운 기운이 더해지다니.

그런 자를 상대하려면 대결 이전에 수 싸움으로 머리가 깨어질 거다.

굳이 꼭 서로 상충되는 빙공과 화공에까지 갈 필요도 없었다.

운현이 사용하고 있는 선천진기에 화공의 기운이 더해지면? 그건 그거대로 어마어마한 위력을 드러낼 거다.

회복의 공능이 있는 선천진기는 만능이나 다름없는 기운이기는 하지만, 상황에 따라서 화공의 공격력이 더 유용할 때도 있다.

그런 걸 필요에 따라서 변환하며 사용할 수만 있게 되어도. 무공의 위력은 배는 더 뛰어나게 된다.

물론 무공에 내공이 전부가 아니듯, 기운이 무공에 있어서 절대적이기만 한 것은 아니긴 하지만.

'상대가 어려울 수밖에 없지.'

대응 자체가 힘들어질 수밖에 없는 건 명약관화(明若觀火)한 사실이었다.

'새로운 논제야.'

기운이라는 것 자체에 있어 이해도가 높은 운현이지 않은가.

역병의 치료제를 만들 때에 당기재가 독성을 가지고 변환해 내는 걸 보여 줬다.

운현이 약초 그 자체를 선천진기로 강화한 것을 당가의 방식으로 더욱 강하게 만들어 준 것을 눈으로 봤다.

그것 또한 운현으로서는 새로운 과제나 다름없었다.

익히기만 하게 되면, 의원으로든 무인으로든 간에 한 차원 발전을 할 수 있을 과제였다.

헌데 여기서 또 새로운 걸 봤다.

'기운을 섞는 것.'

몰랐다면 모를까. 이미 기운이 섞이는 걸 봐버렸다.

사람이란 모른다면 모른 채로 지낼 수밖에 없지만, 일단 알게 되면 금방 따라잡기도 하는 존재였다.

역병을 만들어낸 자가 이런 구슬을 만들어낸 것이 과연 의도한 건지는 모르겠으나.

'새로운 방안은 분명 제시해 줬지.'

운현이 지금 눈앞에 있는 구슬처럼 기운을 섞을 줄만 알게 된다면!

그때는 분명 또 다른 경지로 한 차원 올라갈 수 있게 될 거다. 일종의 확신까지 들 정도였다.

허나 새로운 경지로의 도달은 아직.

당장은 자신들이 알고 있던 상식이 깨졌다는 것에 혼란스러워하는 일행을 살피는 것부터가 중요했다.

"……."

말보다는 행동으로 보여 줘야 하는 법.

운현은 내공을 불러일으켰다. 그대로 아래에 있는 구슬을 내리쳤다.

파사악—

그의 힘을 버텨내지 못하고 단단해 보이기만 하던 구슬이 금방 가루가 되어 버린다.

'대단하군.'

'허어?'

철에 맞먹는 것은 아니지만 구슬 자체는 분명 단단했다.

기운이 뒤섞이면서 만들어진 덕분인지 어지간한 구슬보다도 단단해 보였다.

그걸 운현은 순식간에 가루로 만들었다.

여기 있는 일행들 중에서 이런 구슬을 깨지 못할 자는 아무도 없기는 하지만, 운현처럼 단 일 수에 쉽게 가루로 만들 자신은 없었다.

그러니 감탄할 수밖에.

그런 걸 운현은 눈 하나 깜짝 않고 해내고서는 설명을 시작했다.

"여기 가만 기운을 보시면 아시겠지요. 겉으로 둘러싸고 있는 건 사기. 그 아래에 독기. 그리고 더욱 안으로 들어가면."

"……괴이한 기운만 남는군."

"예. 이게 기운이 섞인 겁니다. 이것만 살펴보면 좀 더 쉬워질 겁니다."

"흐음……."

당기재가 더욱 가까이 구슬의 가루로 다가간다.

그리곤 겁도 없이 괴이한 기운이 담긴 가루를 만져댄다.

"맞군. 맞아."

얼마 가지 않아서 고개를 끄덕인다.

무언가 깨달았다는 표정을 하고 있었다.

운현의 말마따나 이런 식으로 파악을 하니 좀 더 쉽게 파악이 된 것을 인정한 거다.

"신기하군."

"전에 없던 거지요. 역병을 만든 자가 어찌 이런 방식을 만들어냈는지 상상이 안 가기도 하고요."

"무공이라면 전혀 새로운 방식이고. 독이라고 하더라도 굉장히 고차원이로군."

"예. 어느 쪽이든 대단한 건 맞습니다."

약 자체도 조합을 통해서 만든다. 여러 가지 약초. 여러 기능을 하는 것들을 섞어서 만들어내는 것이 약이다.

그런 것을 운현은 만들어 왔다.

하지만 이런 식으로 기운을 섞은 무언가를 만들어 낸 적은 없었다.

단지 구슬의 형태를 하고 있을 뿐이지만, 이것을 잘만 사용한다면.

'독이 되기도 하고 약이 되기도 하겠지.'

전에 없던 것이 될 거다.

여하간 중요한 건 그런 게 아니었다. 당장 이것을 잘만 이용한다고 한다면.

"그리고 여기에 하나 녹아든 게 있었습니다."

"가장 중심의 것을 말하는 것이오?"

다행히도 당기재는 운현이 노리는 바가 무엇인지를 알아낸 듯했다.

그렇다면 이야기가 편했다.

"눈치채셨군요. 맞습니다. 우리는 이걸 이용해서 추격을 해야겠지요."

"어떻게 말입니까?"

"후후. 다 수가 있지요."

운현의 눈이 빛나고 있었다.

추격전을 벌이기 시작하고 나서부터는 언제나, 여유가 없던 운현이었다. 상황이 복잡하니 당연히 그럴 수밖에 없었다.

하지만 지금은 달랐다.

전에 없던 해답을 찾은 자의 눈빛이다.

눈에 여유가 깃들어 있었다.

그 여유에 달리 설명을 듣지 못했는데도, 없던 믿음이 생길 정도다.

"그 수, 말해 주실 수는 없는 겁니까?"

"간단합니다만…… 저만 가능할 거 같습니다. 당장은요."

"허어. 또 기운에 관련된 것이겠구려?"

"바로 맞추셨습니다."

"이런!"

당기재의 말마따나 기운에 관련된 거다. 그러니 운현이 아니고서야 할 수가 없다.

당기재로서는 아쉽지만.

'어쩔 수가 없는가. 그래도 있다 보면 얻는 것은 있겠지.'

그 아쉬움을 삼킬 수밖에 없었다.

얻을 수만 있다면 매달려서라도 얻고 싶지만, 이건 그런 문제가 아님을 알기 때문이다.

기운에 관련된 건 배워서 얻을 수 있는 게 아니라, 깨달아 얻어야 한다.

다른 무엇보다도 기운은 특히 그랬다.

그러니 아쉬운 표정만 지을 수밖에.

그래도 운현은 후했다.

"원하시면 지켜보시는 것도 괜찮습니다."

"그게 정말이오?"

"아무렴요."

기운을 움직이는 것.

그걸 지켜본다고 해서 완전히 읽을 수는 없다. 그게 가능하다면 무공에 비법이란 게 남아나지를 못했을 거다.

기를 살피고서 그걸 그대로 베낀다고만 하더라도 파훼법은 금방 나올 테니까.

하지만, 기감이란 게 괜히 있는 건 아니지 않는가.

완전히는 아니더라도 약간이나마라도 느낄 수는 있다. 옆에서 가만 관찰을 하다 보면 얻는 것은 분명 있게 된다는 소리다.

특히 운현처럼 상승의 기공술을 사용할 줄 아는 자의 옆에서 그걸 지켜본다면?

무공에 이어 의술까지 익힘으로써, 가장 특이한 존재라 할 수 있는 운현의 것을 본다면 전에 없던 성과가 분명 날 거다.

그 약간만 익히는 거라고 하더라도 전에 없던 깨달음을 얻을 수도 있다.

무조건은 아닌 가능성뿐이긴 하지만, 그 가능성만으로도 어마어마한 거다.

그러니 무공의 수련, 기의 운용에 관해서는 같은 문파원이 아니고서야 안 보여주는 것이 아닌가.

그런데 운현은 그걸 보여주겠다고 말한다.

"원하신다면 소저들도 보셔도 됩니다. 아, 형님도요."

거기다 한술 더 떠서 다른 이들도 보고 싶다면 보라 말한다. 아주 쉽게.

그 모습이 너무 당연해 보여서, 일행들로서는 놀라울 따름.

오죽하면 그의 형인 명학이 나서 묻는다.

"괜찮겠느냐?"

"안 될 게 뭐 있겠습니까. 생각대로 되지 않는다면 문제기도 하고. 여러분이 봐줌으로써 제가 얻는 게 있을 수도 있습니다."

"얻다니?"

"백지장도 맞들면 낫다고, 제가 저도 모르게 빼먹는 걸 찾아 줄지 누가 압니까?"

"흐음……."

과연 그럴까?

여기서 기감이 가장 강한 건 운현이다. 일행은 그에 비해서는 부족하다.

그런 운현이 빼먹는 것을 일행이 찾아 줄 수나 있겠는가. 말도 안 된다.

단지 이건 호의다.

어쩌면 지금까지 고생했던 것에 대한 운현 나름의 보상일 수도 있었다.

운현이 기운을 움직이는 것을 함께 지켜보면서 무엇 하나라도 얻어가라는 호의이자 보상이랄까.

그렇기에 받으면서도 당황하는 거다.

보통이라면, 아니 보통이 아니라고 하더라도 이런 호의는 받을 수 없다는 것을 아니까.

명가의 자식으로 태어나 무공의 중요성에 대해서 항상 들었던 일행이기에 더더욱 잘 안다.

그런 짓을 벌인 주제에 운현은 여전히 미소 짓고 있을 뿐이었다.

그리고서는 되레.

"우선은 어서 움직이지요. 너무 지체하기는 했습니다."

더 말은 말자는 식으로, 재촉을 할 뿐이었다.

"크흠……."

"……고마워요."

일행으로서는 운현의 그런 호의가 부담스러우면서도, 놓칠 수 없는 기회인 터.

미안해하면서도 거절하는 자는 한 명도 없었다.

그렇게, 일행이 눈치채지 못한 변질된 기운에 대한 이야기는 끝이 났다.

"우선 이곳부터 치우고 가죠."

"예."

"그럽시다."

이제 중요한 건 마지막 마무리뿐.

혹시나 남을 흔적들을 하나둘씩 조심스레 치워 가는 일행이었다.

*　　　*　　　*

몰래 사체들을 가져온 다음 기운의 정화나 다름없는 구슬을 찾고, 그 구슬의 기운을 읽는 것으로도 시간이 꽤 흘렀다.

거기다 흔적들마저, 단 한 점도 남기지 않고 움직이려고 하다 보니 시간이 더욱 흘러가게 된 것은 당연한 이야기였다.

그러고도 여기서 시간을 더 때울 수는 없지 않은가.

여러 일로 피곤한 몸이다. 육체보다는 정신적으로 힘들 수밖에 없었다.

하지만 어떻게든 이끌고서 황천현 어귀로 다시 향한다.

"인시(3~5시)는 된 거 같구려."

"그렇습니다. 도착할 때쯤 되면 완전히 밤을 새는 게 되겠군요."

"허허. 경공이라도 펼치는 게 어떻겠습니까? 이쯤이면 사람들 시선을 끌 거 같지도 않은데."

산길. 그것도 흔적을 만들지 않기 위해서 천천히 이동을 해 왔다.

하지만 이 각 정도는 이동을 해 왔으니, 꽤 먼 거리를 이동해 온 터.

당기재의 말마따나 이쯤 되면 사람들의 시선을 끌 것도 없었다.

설사 흔적을 남긴다고 하더라도, 그 흔적으로 뭔가를 하기에는 움직인 거리가 꽤 됐다.

'괜찮겠군.'

타당한 의견이기에 운현이 고개를 끄덕였다.

그것을 기다렸다는 듯.

"그럼 바로 가지요."

당기재가 발을 박찼다. 꽤나 빠른 속도를 순식간에 내기 시작한다.

그 뒤를 다른 일행들 모두 금방 따라잡으면서 황천현의 숙소를 향해 간다.

*　　　*　　　*

경공을 펼치게 되니 도착은 금방이었다.

이들 정도 실력이 되는데 오래 걸리는 것도 이상했다.

그래도 인시를 지나 묘시(5~7시)쯤 되어가니 슬슬 새벽녘이 아침이 되어 가고 있는 상황이었다.

다들 일어났다면 이제 막 하루를 시작하는 모습을 보이는 때랄까.

무인이라고 하더라도 이제 막 운기를 마치고 하루를 시작할 그럴 시간이었다.

그런데.

"무슨 일이 있는가 보오?"

"분주하구려."

전에 없이 분주해 보였다.

조용해도 아주 조용해야 할 시간에 이리도 분주하다니. 뭔가 일이 벌어졌음이 분명한 느낌이었다.

'대체 지금 상황에 벌어질 일이 뭔가.'

당황하면서도 경공으로 발걸음을 재촉하는 일행들.

그런 일행이 보이자마자, 한창 분주하게 움직이고 있던 동창 무사들이 당황을 한다.

'설마 들켰나.'

동창 무사들이 이 시간에 분주한 것도. 또 운현 일행을 보자마자 당황을 하는 것도 이상했다.

안 그래도 동창 무사들도 의심스러운 면이 있어서 몰래 부검을 했었던 것이 아닌가.

뒤처리를 하다 보니 시간은 더욱 지나갔고 말이다.

그런 상황에서 운현 일행을 보자마자 당황하는 모습이 보이니!

그가 보기에는 딱 도둑이 제 발 저린 격으로 보일 수밖에 없었다.

'어찌해야 하나. 바로 부딪쳐야 하나? 아니면…… 상황을 지켜봐야……'

여럿 부검을 하느라 안 그래도 복잡했던 운현이다.

부검 자체가 시간이 걸리는 일인데, 그 짧은 시간 안에 몇 번을 해내려다 보니 정신적 피로도가 상당했다.

그런 상황에서 또 바로 일이 벌어지니 운현의 머릿속이 더욱 복잡해지는 것도 당연한 이야기였다.

사람 머리가 연기를 낼 수 있다면, 당장 운현의 머리는 시뿌연 연기를 잔뜩 뿜어냈을 거다.

일행도 마찬가지인지, 이리저리 눈치를 본다.

그들도 어떻게 해야 할지를 모르겠다는 눈치다. 이런 경우는 일행으로서도 예상에 없었다.

"……."

"……."

어찌해야 할지를 모르겠다 보니 주변을 슬슬 둘러보면서 아무런 말을 못 하고 있는데.

"어이쿠! 오셨습니까!"

동창 무사들을 한참 이끌고 있던 송상후가 운현을 발견하자마자 다가오고 있었다.

'공격?'

기습을 하려는 건가. 그렇다고 보기에는 살기가 전혀 없었다.

되레 꽤나 반가워하는 모습이었다.

대체 이게 무슨 상황이란 말인가?

운현은 당황을 하는데, 송상후는 운현과의 거리가 가까워지면 가까워질수록 표정이 환하게 펴진다.

다가와서 운현의 손을 맞잡는 송상후의 손에는 전에 없던 따뜻함이 있을 정도였다.

"안 그래도 무슨 일이 생겼나 했습니다."

"아니. 일이라니요. 단지 조사가 늦어졌을 뿐인데…… 이게 무슨 상황인지요?"

운현이 조사를 하는 것은 송상후도 안다.

말은 안 해 줬어도 대충 눈치로라도 깨달았달까. 이래 봬도 동창의 무사들을 이끄는 송상후니 그 정도 눈치가 없을 리가 없었다.

덕분에 꽤 서운해하기도 했다.

동창 무사들을 두고서도 따로 조사를 한다는 것에 대한 서운함.

운현과 나름 친분을 나눴는데도 같이 공유를 하지 않는 것에 대한 서운함 정도를 보였었다.

그래도 이내 조사에 자신이 낄 겨를이 없으니 포기를 하고는, 운현에게 도시락이나 건네주던 그가 아닌가.

그런 그가 전에 없던 일을 벌였으니 운현으로서는 당황스러운 상황이었다.

그런데 그 대답이라고 하는 것이.

"조사단을 꾸리고 있었습니다."

"조사단이요? 대체 무슨 조사를······."

"그것이······ 신의님께 무슨 일이 생겼나 했습니다. 보통이면 아무리 늦어도 자시(23—1시)면 들어오시는 분이 밤새오시질 않으니······."

"하······."

이제는 당황스러울 정도였다.

운현이 당황을 하든 말든 송상후의 눈빛에는 진심이 담겨 있었다.

동창 무사로서 신의인 운현이 어찌 될 것을 걱정하는 그런 게 아니라, 개인적으로 걱정을 하는 눈빛이었다.

"요즘 상황이 상황이지 않습니까. 이런 상황에서 신의님께 큰일이 생기면 어떻게 되겠습니까! 그래서 지체 않고 조사단을 꾸리던 중이었습니다."

"하아······."

덕분에 잔뜩 긴장을 했던 운현으로서는 맥이 탁 풀릴 지경.

"휴우······."

"허허······."

같이 있던 일행들도 허무하디허무한 한숨을 내쉬면서, 허탈한 표정까지 지을 정도였다.

잔뜩 긴장을 한 거치고는 너무도 별일이 아니었다.

어쨌거나.

때 아닌 소동이었다. 이런 소동이 날 줄은 몰랐던지라, 밤을 새워서 이곳까지 달려왔던 일행으로서는 맥이 탁 풀릴 지경이었다.

그럼에도 송상후가 보이는 것은 호의다.

맥이 탁 풀릴 지경으로 허무한 일이라고 하더라도, 이번 일은 분명 선의에서 일어난 일이었다.

그렇기에 화를 낼 수도 어찌할 수도 없었다. 되레 웃어야 했다.

'재밌는 사람이야.'

굳이 억지웃음을 지을 필요까진 없었다.

다소 허탈함이 섞여 있기는 하지만, 미소가 알아서 비집고 나온다. 송상후의 호의가 느껴졌기 때문이리라.

얼핏 미소를 짓고 있으려니, 송상후가 괜스레 물어온다.

"왜 그러십니까? 아, 너무 과했으려나요? 그래도 신의님은 신의님이신지라…… 중요인물이시니 당연한 거라 생각했습니다."

"조금 과하시기는 했습니다."

"역시 그랬군요……. 죄송합니다."

"그래도 죄송하실 문제는 아닙니다. 오히려 감사하지요.

다 저희를 생각해서 해주신 것 아닙니까?"

"하하. 그건 그렇습니다. 혹 무슨 일이나 생겼으면 어쩌나 하고 가슴을 얼마나 졸였던지……."

"괜찮습니다. 일신 정도는 지킬 수 있으니까요. 하하."

"이거 참……."

좋은 덕담이 오간다. 그러다가.

"시간이 늦은…… 아니 이르긴 했지만, 상황이 이러니 이만 들어가 볼까 합니다."

"헛. 죄송합니다. 피곤하실 터인데 너무 오래 잡았군요. 죄송합니다."

"아뇨. 아닙니다."

과할 정도로 운현을 높이 사는 송상후였다.

고개를 팍하고 숙이는 것에서부터 운현을 정중히 대하는 것이 느껴진다.

신의인 운현의 명성이 드높다 하지만, 동창의 무사가 이럴 필요까지는 없을 텐데도. 그는 항상 이런다.

아부라고 하기에는.

'진심이 느껴진단 말이지.'

항상 진심이 느껴진다. 겉은 모를까 속은 여러 경험이 쌓여 있는 운현으로서도 느껴질 만큼의 진심이 담겨 있다.

'검진 이후부터인가……. 음…… 그 이전인 거 같기도 하

고.'

어떤 계기라고 할 만한 것이 없는데도 이런 호의라니.

덕분에 운현으로서는 부담스러울 정도다.

"그럼. 먼저 들어가 보시지요. 하하. 저는 이 난리통을 만들어놔서 어찌 수습 좀 해야겠습니다."

"……하하. 도와드리고 싶지만 시간이 시간인지라……. 그럼 먼저 실례하겠습니다."

어색한 웃음을 지으며 들어간다.

다른 일행들도 말은 하지 않았지만, 모두 운현과 같은 표정을 하고서는 그의 뒤를 따라간다.

"살펴 가시지요!"

고작해야 별채까지 가는데도 뭘 살피라는 건지.

하여간에 특이한 송상후였다.

이쯤 되면 운현이 있던 등산현에서나 가끔 등장한다는 운현의 광신도쯤 되는 존재가 아닌가 싶을 정도다.

왜 그런 자들 있지 않은가.

민간 신앙이 많은 중원이다 보니, 운현을 정말로 신선이라고 여기는 자들 말이다.

그런 자들이 이번 역병 사태 이후로 종종 있다고 들었는데, 송상후도 그런 존재가 되었을지도 모를 일이었다.

그렇지 않고서야 저리도 열성적인 모습을 보일 수가 없었다.

'설마 아니겠지……'

아니겠지. 아니겠지 생각을 하면서도 어째 점차 부담스러워지는 운현이었다.

어쨌거나 한바탕의 소란을 겪고 나서야.

"들어가 보지요."

"그래. 그러자. 어째…… 와서 더 피곤해진 느낌이구나."

"허허. 본인만 그렇게 느끼는 게 아니었구려."

"……적당히가 없어요."

별채인 안으로 들어설 수 있게 된 일행이었다.

＊　　　＊　　　＊

안으로 들어서자마자 슬쩍 눈치를 보기 시작하는 당기재다.

운현이 말한 것의 준비를 위해서였다. 주변을 살핀다. 사람이 있는지 없는지를. 그러다가 이내 없다는 확신을 갖는다.

적어도 별채 주변으로는 그들을 감시하는 자가 없어 보였다. 운현이 느끼기에도 그러한 터.

슬쩍 더 눈치를 보다가 당기재가 은근한 이야기를 꺼낸

다.

"그나저나 송상후 저 어르신도 수상하긴 하지 않소?"

"흠…… 생각해 보면 그럴 수도 있겠군요."

사람의 행동에는 뭐든 이유가 있는 법이다.

당기재의 말마따나 송상후의 저런 모습은 의심이 들 만한 모습이기는 했다.

심해도 너무 심하게 운현에 대해서 호감을 보이지 않는가.

호감이라고 하기에는 그 정도가 꽤 심했다.

운현으로서는 정말로 상상하기도 싫은 일이지만.

'……그쪽은 아니겠지.'

운현의 광신도거나.

어떤 다른 이유로 운현에 대한 집착을 하는 걸지도 몰랐다.

이를테면 동창 차원에서 운현을 밀착 관찰을 하고 있다거나. 그도 아니면.

'어떤 조직…….'

이번 역병에 관련되어 있어서 그럴 수도 있는 법이었다.

겉으로는 바보처럼 운현을 따르는 듯 보여도, 속으로는 깊은 심계를 가지고 움직일 수도 있는 법이었다.

일반인이라면 모를까.

송상후는 동창의 무사이기에 더더욱 그런 면이 의심이 가는 것도 사실이었다.

하지만.

"당장은 그게 중요한 게 아니지요."

"음…… 그렇습니까?"

"예. 이 기운부터 조사를 하면 밝혀질 이야기니까요."

운현의 말마따나 송상후 자체가 중요한 게 아니었다.

중요한 것은 기운이다.

이 기운을 어찌 읽어내느냐에 따라서 많은 것이 달려 있었
다.

추적의 단서도. 그 이상의 무언가의 결과를 내는 것도.

그 모든 게 다 이것들에 달려 있는 것이다. 그렇기에.

"바로 시작하도록 하죠."

"좋소."

"우리는 주변 경계를 하마."

"……."

일행들 모두가 기감을 잔뜩 세운 채로 주변을 경계한다.

그리곤 그 중심에 있는 운현은, 그 혼종된 기운이 담겨 있
는 구슬의 가루를 양손에 올리고서는 운기에 들어가기 시작
했다.

그 장면을 같이 앉아 있는 모두가 가만 바라본다.

기감을 잔뜩 곤추세우고서.

"······흠."

"······."

조용히 숨을 죽여 운현을 바라본다.

주변을 경계한답시고, 기감을 만들기는 했지만, 역시 운현에게로 가장 집중이 되는 것까지는 어쩔 수가 없었다.

궁금하기 때문이다.

'대체 어떤 방식으로 사용할 건가.'

'다른 기가 느껴질 수도 있다 했지.'

단순히 운기를 할 뿐이지만, 그 과정에서 어떤 새로운 것들이 일어날지. 거기서 다 나아가서 어떤 새로운 것을 얻을지가 너무도 궁금하기에!

바깥보다는 운현 그 자체에 집중한다.

그 시선이 부담스러울 법도 하건만 운현은 금방 운기에 빠져들어 갔다.

*　　　*　　　*

지금 당장 운현이 하는 운기는 기운을 흡수하기 위해서가 아니었다.

불가능한 것은 아니지만, 그럴 필요도 없었다.

이런 혼종된 기운을, 특히 죽음의 기운과 관련 있는 이 기운을 자신의 몸에 담을 꺼림칙한 짓을 할 운현이 아니었다.

대신 그가 운기를 한 것은 다른 이유에서였다.

기운을 얻기 위해서가 아니라, 운기의 공능을 얻기 위해서 가루를 들고서 운기를 한 거였다.

무슨 공능이냐고?

안 그래도 강한 기감. 그 기감이 운현이 운기를 할 때면 더욱 강해진다.

아니 정확히는 기감이 집중이 된달까.

평상시에는 기감을 널리 퍼트리고 느끼는 방식으로 사용 한다면.

'운기를 할 때는 다르지.'

운기를 할 때는 기감의 범위는 줄어들게 되지만, 좀 더 집 중을 해서 느낄 수 있게 된다.

특히 운기를 하고 있는 자신의 몸 주변으로 기가 모여들 지 않는가.

대기에 있는 기가 운기를 행하는 자에게 모여들고, 그 기 운을 각자의 심법에 따라 돌림으로써 기운을 쌓는다는 건 무림인으로서의 상식이나 다름없었다.

외공이 아니고서야 내공을 얻는 자들은 다들 이런 식으로 기운을 쌓지 않는가.

그래도 이왕이면 기운이 한참 많은 시간에 운기행공을 하면 효과가 더욱 좋기에, 기운이 웅혼한 이른 새벽에서부터 운기를 하는 것이고 말이다.

여하간 운현도 이 부분만큼은 다른 무인들과 다르지 않았다.

그 특유의 넓은 기감이 한없이 줄어들기 시작했다.

이십 장. 십 장. 오 장. 삼 장.

'여기서 더!'

마침내 일 장.

평상시였더라면 특유의 강한 기감으로 주변 삼 장 정도는 느끼겠지만, 그걸 의도적으로 더 줄이는 운현이었다.

반경 일 장.

그것만 하더라도 실상 작은 범위는 아니었다.

운현을 중심으로.

'다들 집중하고 있군.'

나름의 방식으로 잔뜩 기감을 곤추세우고 운현을 살피고 있는 일행의 기도 자연스레 느껴질 정도였다.

'다들 다르군.'

제갈소화는 잠잠한 파도와도 같았다. 자신의 기를 바다처럼 넓게 풀어 놓고선 운현을 관찰하는 방식이었다.

남궁미는 남궁가의 자제답게 하늘과 같았다.

제갈소화처럼 넓게 퍼트린 건 같았지만, 또 달랐다. 제갈소화가 뭉쳐 있다면, 남궁미의 기는 넓게 흐르는 느낌이었다. 마치 하늘처럼.

남궁가. 그들이 닮고 싶어 하는 하늘(天).

그것과 비슷한 방식이었다.

당기재의 것은 끈적였다. 마치 독처럼. 또한 학자의 끈질김과도 같았다.

꾸물꾸물한 기운들이 곳곳에 산재하면서, 운현의 반응을 살폈다.

운현의 운기에서 무언가 다른 것이 있는 게 아닌가 관찰하는 것처럼. 아주 끈덕진 시선으로 살피는 느낌이었다.

그 끈질김이, 지금까지 끈질기게 운현을 따라다녔던 당기재의 모습과 다를 것이 없는지라 얼핏 웃음이 나올 정도였다.

그리고 그의 형 명학은.

'원이군. 아니 태극인가.'

자신을 중심으로 음과 양으로 고루 기운을 퍼트린 느낌이었다.

평온한 상태에서 기운을 두고, 주변 대기와 맞서려 하지를 않았다.

기감으로 자신의 영역을 구축하기보다는, 주변이 흐르면 흐르는 대로, 변화하면 변화하는 대로 맞춰가는 느낌이랄까.

도가의 중심이랄 수도 있는 무당 무공의 성격을 그대로 빼다 박은 느낌이었다.

등산현에서 나고 자라기는 했지만, 무당의 정식 제자로 확실히 변모해 가고 있는 명학다운 모습이었다.

'재밌군.'

각자가 다른 방식. 각자의 성격에 맞춰서 기감을 사용하는 느낌이라니.

눈으로 볼 수 있는 것도, 향이 있는 것도 아니건만. 그 기감 하나하나에서 일행 하나하나의 성격이 드러나는 건 분명 재미있는 부분이었다.

'나중에 얻을 게 많겠어.'

자신의 방식도 잘 살펴보면 분명 다른 이들과는 다른 게 드러날 터였다.

그 차이에서부터 얻는 것이 있을 거다. 각각의 장단점도 파악할 수 있을 거고.

그걸 분석함으로써 많은 것을 얻을 수 있으리라.

호사다마(好事多魔)라더니.

아니 이 경우에는 그 반대의 경우라 해야 할까. 온갖 나쁜 일들 뒤에 몇몇 소소한 좋은 일들이 분명 있었다.

특히나 기에 관련해서 얻은 게 많다. 연구를 해 봐야 할 것도 많고.

허나 당장 할 수는 없는 터.

'더 깊게 들어가 보자.'

다른 이들이 기감을 사용하는 것을 살피는 것도 흥미로웠지만, 지금은 그보다 더 음습한 것을 살펴야 했다.

바로 그의 손에 있는 가루의 기운!

그것에 더더욱 집중하기 시작하는 운현이었다.

*   *   *

'재밌군.'

얼마나 됐을까. 한 시진은 더 지나지 않았을까. 꽤 오래 운기를 했다.

기운을 한참이나 살폈다.

그리고 느낀 건.

죽음의 기운. 독의 기운. 그러한 기운이 변질된 기운들이었다.

여기까지는 구슬 상태로 있을 때도 분명 느낄 수 있는 기운들이었다. 강화된 기감으로 그 정도는 이미 가능했다.

그러니 당기재나 다른 인물들에게도 이미 설명을 했던 터다.

하지만 운현이 원하는 건 이렇게 드러난 기운이 아니었다.

그 안에 있는 기운.

굳이 구슬을 가루로 만들고서야 찾을 수 있을 기운을 찾고 있다.

구슬의 상태에서는 강화된 운현의 기감으로도 찾기 힘들었던 그런 기운을 찾고 있는 것이다.

운기까지 해 가면서!

그렇게 해서 한참을 두고 기운을 찾고, 또 찾은 결과.

'발견했다.'

변질. 죽음. 독.

그런 기운들과는 다른 이종의 기운을 찾아냈다.

이걸 뭐라 해야 할까.

'꼭 효소 같군.'

효소. 사전적 의미로는 각종 화학 반응에서 자신은 변화하지 않으나 반응 속도를 빠르게 하는 단백질.

쉽게 말해 작용을 빠르게 하는 게 효소다.

이 기운도 딱 그런 효소와 비슷했다.

'신기하군. 이런 방식으로 사용되나.'

죽음의 기운과 함께 여러 기운이 엉켜서 만들어진 혼종된 기운이 있지 않았나.

그 기운으로 말미암아 썩지 않는 사체들이 있었다.

그게 운현에게 의문점을 안겨다 줬고, 동창 무사들을 의심하게 만드는 매개체였다.

그런데 그 썩지 않는 사체를 다시금 천천히 썩게 만드는 기운이 분명 있었다.

'비록 느리지만 말이지.'

운현이 방금 막 발견한 기운이 바로 썩지 않는 사체를 썩게 만드는 기운이었다.

아주 소량의 기운이지만, 이 기운은 자신의 주변에 있는 죽음의 기운과 독의 기운들 사이를 움직이면서 기운을 변질시키고 있었다.

그리고 그 변질된 여러 기운들은 기운임에도 구슬과 같은 형태를 띠게 하는 것이 가능했다.

마치 영물의 영단처럼!

이런 기운을 감히 영물의 영단이라고 비유하는 게 웃기긴 하지만, 다른 것들엔 딱히 비유할 만한 게 없을 정도였다.

굳이 말하자면 이건 마단(魔團) 정도라고 칭해 줘야겠지.

어쨌거나 이 기운이 여러 기운으로 하여금 마단을 형성할 수 있게끔 만들었다.

마단이 형성되니 시체에 있던 모든 기운들이 마단으로 가게 된 것이고, 그때부터 사체가 썩게 된 거겠지.

그래도 기운이 완전히 사라진 것은 아니니 다른 사체들과 다르게 아주 천천히 썩어들어 간 거다.

사체의 복부에 아직까지도 마단이 있으니까.

그리고 이런 마단을 형성하게 만듦과 동시에.

'기운 자체를 변질시키는군. 아니 오염시킨다고 해야 하나.'

이 작은 소량의 기운은 마단을 형성하고 있는 주요한 기운.

운현이 혼종된 기운이라고 말했던 것. 독, 죽음 등이 섞여 있는 그 기운을 정말 효소라도 되는 것처럼 녹이기 시작했다.

안 그래도 변질된 기운을 한 번 더!

혼종된 기운을 변질시키고, 또 변질시켜서.

'보통 기운처럼…… 만드는군.'

조금씩 흐트러트리고 종래에는 다른 기운들과 비슷하게 만들었을 거다.

쉽게 말해서 보통의 다른 기운으로 다시 바꿨을 거라 이 말이다.

이 상태로 기운이 변질된다면, 아마 마교에서 좋아하는 그런 기운이 만들어지겠지.

변질되고 또 변질된 기운은 마공을 익히는 데 딱 좋은 기운이 될 거다. 분명히.

'그럼 마교인가…… 아니지. 그건 너무 단순히 생각하는

거야.'

해서, 이런 상황을 만든 게 마교는 아닌가 싶기도 하지만, 그건 너무 쉽게 생각하는 면이 강했다.

단지 추측만으로 일을 진행하고, 저 멀리 거의 세력이 사라진 마교의 짓이라 하는 것도 웃기는 짓이다.

그건 너무 피상적인 이야기다.

만약 이 기운이 마교의 기운에 걸맞는 게 아니고, 선천진기와 비슷한 공능이라도 가지고 있으면 어떻게 되겠는가?

안 그래도 운현의 선천진기도 죽음의 기운을 상쇄시켜서 썩지 않는 사체들을 썩게 만들 수 있지 않은가.

그러니 선천진기와 같은 기운이 나올 수 있는 것도 가능성이 아주 없는 건 아니었다.

그렇기에 확실히 살피고 또 살펴야 했다.

감히 어떤 쪽의 기운이라고 단정을 짓지 말아야 했다. 그래서야 죄 없는 피해자가 나올 수 있었다.

말도 안 되는 어떤 피해자가 나오지 않도록 제대로 조사를 해 봐야 했다.

그렇기에 운현은.

'아직 더 조사를 해 봐야 해. 그리고 각인해야겠지.'

효소와 같은 기운을 찾아냈다는 것에 만족하지 않고, 더욱 집중을 해 나갔다.

이 새로운 기운을 파헤치기 위해서.

계속해서 기운을 돌리고 또 돌리면서 기운을 살피기 시작했다.

그리고 거기에서 한 발자국 더 나아가서.

第六章
각인

   운현은 기운을 각인하듯 몇 번이고 꼼꼼하게 그 기운을
읽고 또 읽었다.

   계속해서!

   언제든 이 기운이 있다면 다시 살필 수 있을 정도로.

   오래전, 아니 얼마 전 첩자들을 가리겠답시고 화화세공의
기운을 읽었던 것처럼.

   어쩌면 그보다 더 세밀하게!

   계속해서 기운을 자신에게 각인을 시켜 갔다.

   그래야만.

   '추격을 할 수 있을 테니까.'

처음으로 나왔다 할 수 있는. 상대의 기운.

이 기운을 가지고 첩자가 있는지, 의심스런 자들이 정말로 이 일에 관련이 되어 있는지를 제대로 알 수 있을 테니까.

환화세공을 통해서 기운을 읽히고, 약을 만들어 첩자들을 색출했듯이, 이 기운으로도 그게 가능할 거다.

문제는.

'이건 약으로도 힘들어 보이는데⋯⋯.'

이 변질되고 또 변질된 기운은, 자연적인 약으로 만들어 강화를 시키기 힘들어 보인다는 거다.

기감이 강한 운현이야 어떻게든 각인을 해내서 읽어낼 수 있는 기운이지만, 과연 약으로 이걸 재현해 낼 수 있을까 싶기는 했다.

쉽게 말해 이런 거다.

환화세공은 환화세공의 기운을 증폭시키는 약을 먹이는 방식으로 색출해 내지 않았나.

그런데 이 기운은 너무 은밀하고도 은밀해서, 증폭을 한다고 해서 과연 색출이 될까 싶다 이 말이다.

운현이야 기감이 워낙에 강해서 소량의 기운이라고 하더라도 금방 읽어내니 가능한 일이겠지만!

다른 이들, 아니 대다수의 무인은 운현 반만큼이나 기감을 가진 자도 드물 지경 아닌가.

그러니 운현이야 가능해도, 다른 이들은 그게 힘들 수밖에 없었다.

그래서 운현이 기운을 발견하고도 계속해서 각인하고 또 각인하고 있는 것이다.

상황상 약으로도 안 되고, 남은 방법은 이 이상한 효소 같은 기운을 살피는 것뿐이니까.

제대로 기운을 각인하듯 기억해 내야만, 어찌어찌 운현의 기감에 기대어서 조사를 할 수 있는 상황이기 때문이다.

그렇기에.

'기억하는 정도를 넘어서 흉내 낼 수 있을 수준이 돼야 한다.'

고오오오오—

운현이 끊임없이 기운을 각인 또 각인을 하기 시작한다.

＊　　　＊　　　＊

이틀째.

매일같이 운기만 하고 있음에도, 이들은 지치지도 않았다.

아침. 아니 이른 새벽에서부터 다시 모이기 시작한다.

그 귀한 잠잘 시간조차도 쪼갠다. 두 시진 이하로.

무인이어서 가능한 일이긴 하지만, 이들이 그만큼 이 일에 집중하고 있음을 보여주는 대목이었다.

바로 모여들자마자, 시작을 이야기하는 건 운현이었다.

"오늘도 시작하지요."

"좋소이다."

"……."

일행은 아무런 말도 않고, 운현의 주변을 감싼다.

그 중심에 있는 운현은 한 번의 경험으로도 익숙해졌는지, 바로 운기를 하기 시작했다.

"후읍…… 후……."

호흡이 깊게 흘러들어 가기 시작하고, 금방 운기를 시작한다.

다른 이들도 그런 운현의 기감을 살피면서 주변을 경계하기 시작한다.

'어렵군.'

'뭐가 뭔지 아직 파악이 안 되는군.'

그러나 그들이 아직 얻은 것은 아무것도 없었다.

운현처럼 효소와 같은 기운을 읽어내는 것은 당장은 어려워 보였다.

대신에 기감을 세우고서 하루 종일을 있으니.

'이걸 유지하는 것도 힘든데…….'

'어렵군.'

막상 기감을 세우고 유지하는 것 자체가 생각보다는 어렵다는 걸 깨닫는다.

평소에는 오감을 신경 쓰지 않고 그대로 둬도 알아서 잘 작동하지 않는가.

신경을 쓰기 시작하면 더더욱 오감이 강화되고 말이다.

대신에 신경을 쓰면 그 피로도가 상당하게 된다. 평상시에 매일같이 느끼는 오감인데도 불구하고.

지금의 상황도 그것과 같은 이치였다.

평상시에는 아무렇지 않게 오감처럼 느끼고 사용하는 기감이지만, 이걸 하루 종일 집중하고 있으니 어려움을 느끼는 일행이었다.

생각보다 피로도가 상당했다. 한두 시진은 어찌 유지해도 몇 시진이고 하는 건 분명 힘든 일이었다.

그럼에도.

'귀한 기회다.'

그들은 감히 힘들다 말할 수 없었다.

지금의 상황은 절세의 영약을 먹는 것 이상의 경험이 될 수도 있었으니까.

절정 고수를 훨씬 뛰어 넘어가는 운현.

그것도 선천진기를 익히고, 기감마저 뛰어난 운현의 기의 변화를 기감으로 살핀다는 거 자체가 어지간한 영약을 먹는 것 이상이니 그만둘 수가 없는 것이다!

"……."

그렇게 모두가 집중을 하고. 침묵을 하는 가운데에서.

고오오오—

계속해서 세밀하게 기운을 살피고, 각인을 시켜 가는 운현이 있었다.

시일이 계속해서 흘러가고 있었다.

이틀째. 삼 일째. 사 일째.

처음의 여유로움이 점차 사라져 간다.

'어렵군.'

새로운 기운을 읽는 것은 쉬울 수 있었다. 단순히 표면적으로 기운만을 읽는다면 그건 분명 쉬운 일이 될 수 있다.

하지만 그 기운을 각인하듯 읽고, 언제 어느 때든 살필 수 있도록 하는 건 생각보다 어려운 일이었다.

그렇기에 시일이 계속해서 흘러가게 됐다.

많아야 삼 일 정도면 될 거라고 내심 생각했던 운현으로서는 약간이지만 당황스러운 상태.

그럼에도.

'해 봐야지.'

흔들리는 마음을 다잡고는 계속해서 진행을 해 나간다.

조금씩. 조금씩.

변질된 기운을 만들어 내는 그 기운을 읽어내고, 자신이 사용할 수 있을 것처럼 각인하듯 새기기 시작한다.

그렇게 시일이 흘러간다.

칠 주야쯤 되었을까.

"오늘도 해 보지요."

"흐음…… 잘 살펴보겠소이다. 신의님도 힘을 내시지요!"

"하하. 그래야지요."

조금은 지쳐 가는 운현. 그럼에도 응원하기를 멈추지 않는 당기재를 필두로 하여 그날도 운기가 이어져 간다.

파스슥.

가루를 꼬옥 잡고서 운기를 시작하는 운현.

'오늘만큼은 기필코…….'

어떻게든 이 기운을 확실하게 읽어 내겠다는 생각으로 운기에 전념하기 시작한다.

반 각. 일 각. 반 시진…… 한 시진.

또 오늘도 성과 없이 하염없이 시간이 지나갈까 싶을 때쯤.

"으음?"

가장 먼저 이상한 것을 느낀 것은 당기재였다.

뒤를 이어서.

"엇?"

"뭔가……."

명학, 제갈소화, 남궁미. 이들이 거의 동시에 뭔가를 느끼기 시작한다.

다른 이들은 호기심으로 눈빛이 빛나는데 남궁미의 표정은 굳어 갔다. 이상한 일이었다.

어쨌거나 그들이 느끼기 힘들던 기운.

운현이 효소와도 같은 기운이라고 말했던 것. 다른 기운을 변질시키는 어떤 기운이 그들의 기감에 걸려들었다!

'대체 뭐지.'

'이런 기운이…….'

죽음. 독. 이런 기운들이 분명 아니었다.

이건 운현이나 느낄 수 있던 거였다. 그걸 느끼게 됐다.

그들이 매일같이 운현을 살피다 보니 기감이 강해지게 된 걸까?

그럴 리가!

천하의 운현이라고 하더라도 기감을 강화시키기까지는 꽤 오랜 시간이 걸렸다. 깨달음까지 더해져서 겨우 지금의 기감에 도달할 수 있었다.

그런데 단 며칠 기감을 크게 넓히고 살폈다고, 운현을 제외한 넷의 기감이 전부 강화될 수 있겠는가?

말도 안 되는 소리다!

그렇기에 모든 일행의 머리에 물음표가 그려진다.

'대체 왜?'

어째서 지금까지 자신들이 느끼지 못한 기운이 느껴지는가에 대한 궁금증이 머리를 꽉 채운다.

'신의…….'

분명 운현이 무슨 짓을 해서 전에 없던 기운을 느끼게 된 것 같은데, 그게 무엇인지를 알 수가 없었다.

운현이 선천진기를 이용해서 기운을 증폭시킨다는 건 이미 알고 있긴 했지만, 이건 그것과 달랐다.

'선천진기를 이용한 게 아냐.'

마치 운현의 기운 자체가 선천진기가 아닌, 다른 어떤 기운으로 바뀐 느낌이었다.

운현이 사용하는 선천진기가 사라지고, 아주 이상한 기운만이 남아서 이 공간 자체를 채우는 아득한 느낌이란!

호기심. 궁금증. 의문.

그런 많은 것들이 운현을 제외한 일행의 모든 머리를 스쳐 지나간다.

그럼에도 운기 중임을 알기에.

"……."

모두가 입을 열지 못한다.

그저 하염없이 운현을 기다릴 수밖에는 없었다.

그들이 혼란스러워 하든 말든 간에 운현의 운기는 계속해서 이어졌다. 하염없이 계속.

*　　　*　　　*

기운이 잔뜩 커지기도 하고, 사라지기도 한다. 어느 순간 사라졌던 기운이 다시 생기기도 한다.

그건 꽤 신기한 경험이었다.

처음에는 혼란스러워만 하던 일행도 어느 순간부터는, 대체 운현이 어찌 한 것인지 읽어 보려 노력하기 시작했다.

허나 당장 성과는 없었다. 대신에.

번쩍.

당장은 뜨여지지 않을 거 같았던 운현의 눈이 열렸다.

그의 눈에 무언가를 깨달은 듯한 현기가 스쳐 지나간다.

"……후우."

총명한 눈을 하고서, 운현이 호흡을 고르기 시작한다.

운기를 위해서 한참을 깊은 호흡으로 들어갔던지라, 다시 원래의 호흡으로 돌아오는 데는 약간의 시간이 걸렸다.

그 시간이 일행에게는 꽤 길게 느껴졌다. 궁금한 것이 많기 때문이리라.

운현이 모든 호흡을 고르자마자, 기다렸다는 듯 당기재의 물음이 던져진다.

"대체 무슨 기운이었소? 이건 변질됐다는 기운이랑은 또 다르던데?"

"……쉽게 말해 기운을 변질시키게 만드는 기운이었습니다."

"하…… 마치 말장난 같구려? 기운을 변질되게 만드는 기운이라니…… 마치 독 같기도 하군."

"기운에 대한 독이라면 독이겠지요. 그렇게 해석될 수도 있겠습니다."

"……너무 인정이 빠른 거 아니오?"

"사실인 것을 어떻게 하겠습니까. 확실히 이상한 기운입니다. 이 기운은."

기운은 본래부터 가진 기운대로 있는 법이다.

화기(火氣)가 괜히 화기인가. 오행을 괜히 말하겠는가. 하늘의 기운을 괜히 남궁가가 읽고 사용하려 하겠는가.

기운은 그 자체로서 그네들이 가진 속성대로 움직인다.

모든 심법도 그러했다.

설사 같은 문파의 심법이라고 하더라도, 다른 심법을 익히게 되면 그 기운이 달랐다.

비슷한 경우도 더러 있긴 있지만, 그건 처음부터 무공을 창시한 자가 그리 유도를 해 왔을 뿐이다.

중요한 건 기운이라는 것은 서로 섞이기도 힘들다는 것.

오죽하면 이종의 진기가 들어오게 되면 그 위험하다는 주화입마에 쉽게 걸리기도 하지 않는가.

내가중수법만 하더라도, 자신의 기운을 다른 이의 몸에 퍼트려서 내부를 파괴시키는 수법이기도 했다.

그만큼 기운이라는 건 섞이기도 힘들뿐더러, 변화되기도 힘들다.

그런데 그런 기운을 변질시키는 기운이라니.

"상상도 못 한 일이오. 그런 것."

"……"

당기재의 말처럼 모두 상상도 못 한 기운이다.

아니 그런 기운이 있다고 한다면, 모두가 당장 두려움에 떨지도 모를 일이었다.

이건 무인에게 있어서 그 어떠한 재앙보다 무서운 일이었다.

자신이 평생에 쌓은 내공. 그 내공이 변질될 수도 있게 되다니!

자신이 가진 내공이 혹시나 변질된다면, 자신의 내부에 있는 진기는 자신의 것이라 할 수 있겠는가? 변질이 되었는데?

자신의 단전에 있다고 하더라도 기운이 변질되면 변질된 기운을 변질되기 이전의 기운처럼 자유자재로 다룰 수 있겠는가?

'모를 일이다.'

'불가능할지도…… 하…….'

분명 자신의 내부에 있는 기운인데, 변질이 됨으로써 자신의 기운이 아니게 될 수 있다.

자신의 것인데 조종을 하지 못하게 될 수도 있다.

지금이야 저 기운을 변질시키는 '기운'이 사체들에나 사용이 됐기에 망정이지!

다른 무인에게 사용이 되어, 그들의 기운을 변질시킨다면 상상만 해도 아찔하다. 아니 정말로 재앙이다.

그렇기에 기운을 변질시키는 기운이라는 건 상상도 못 했다.

아니 설사 상상을 했다고 하더라도, 감히 있으리라고는 생각도 못했을 거다.

그런데 그 일이 실제로 일어났다.

그리고 또한 그런 기운을 운현은 잘도 사용해댔다.

오늘만 하더라도 운기하는 내내 그 기운을 증폭시켰다가 죽였다가 하지 않았는가.

그 기운이 자신들의 몸에 들어와서 작용을 한다면?

그들로서는 괜히 없던 두려움도 생겨날 정도였다.

그런 그들의 두려움을 운현이 차분히 풀어 준다.

"이 기운은 실제로 사용하긴 힘든 겁니다. 여러 가지로 제약이 좀 있어 보입니다."

"제약이라니요?"

"우선 기운이 뭉쳐 있어야 하고, 설마 뭉쳐 있다고 해도 조금만 저항하면 몰아낼 수도 있을 듯합니다."

"하……. 그거 그나마 다행이구려."

저항이 있으면 이겨낼 수 있는 기운이란다.

내공이 강한 자가 몸에 들어온 이종의 진기나 독을 내공으로 이겨낼 수 있는 것처럼 몰아낼 수 있는 듯했다.

"아마 이 기운이 사체들에 먹힌 건…… 이미 죽어 있기 때문에 저항도 없어서겠죠."

"……그마나 다행이라 해야 할지 모르겠구려. 실전에서 그게 쓰인다면…… 상상만 해도 아찔하오."

"이런 기운을 다룰 수 있는 자가 실전에 먹히면, 이미 그들이 무림을 제패하고도 남았겠지요."

다른 사람의 기운을 변질시키는 무공이라니!

평생을 쌓은 무공을 공(空)으로 만들어 버리는 그런 무공은 정말 상상도 힘들 그런 무공이었다.

그런 게 실제로 있다면야, 운현의 말처럼 이미 무림은 그들이 지배했을 거다.

아니 어쩌면 무림이 없어질 수도 있었다.

그들끼리 기운을 서로 변질시키게 되면 그들도 자신의 무공을 사용하지 못하게 될 수도 있었다.

그러면 무공을 익히는 자들은 급감하게 되고, 무림 자체가 남아나지 않을 수도 있었다.

어느 쪽이든 좋은 상상은 안 가는 기운이었다.

다들 그런 상상으로 굳어져 가는데.

"남궁 소저?"

"……예?"

"표정이 어째 심상치 않소만……."

"이 기운…… 음…… 확실하지는 않지만…… 전에 한 번 겪어 본 것도 같은 느낌이라서요. 아니 여러 번일지도요."

이게 무슨 말인가. 이런 기운을 이미 겪어봤다니.

죽음이 기운이나 독의 기운 같은 건 이곳 하남에서 미친 듯이 읽어댔기에 이제는 익숙해지기까지 했지만, 이런 기운은 이곳이 처음일 거라 생각했다.

"여러 번 말이오?"

"……네. 확실하진 않아요. 신의님만큼 기감이 강하지는 않으니까요. 하지만…… 오래전의 강시들하고 비슷하다는 느낌이 들어요."

"음…… 조금 다르긴 하지만…… 비슷한 듯하기도 하고. 어렵구려."

운현이 놀라든 말든 남궁미의 이야기는 계속 이어졌다.

"……그리고 이곳에 도달하기 전에 만났던 강시들. 기묘했던 사내도…… 어찌 비슷했던 거 같기도."

"흐음……."

그제서야 모든 일행의 표정이 굳어져 간다.

어쩌면 그들이 관련이 있을 수도 있다는 생각이 들기 시작한다.

하지만 당장은 거기까지 알아볼 수는 없는 상황이었다. 대신에.

"할 수 있는 것에서부터 시작을 해 봐야겠군요."

지금까지 얻은 것들을 바탕으로 알아볼 것들이 꽤 됐다.

＊   ＊   ＊

할 수 있는 것에서부터 하나씩.

그게 언제나 운현이 움직이는 방식이었다. 할 일이 수없이 많았던 상황에서 움직였던 그 아닌가. 그러다 보니 만들어진 습관일 수도 있었다.

어쨌거나.

화아아악— 고오오오—

변질된 기운을 만들어내는 특이한 '기운'을 흉내 낼 수도, 또한 전보다 더 쉽게 읽어낼 수도 있게 됐다는 게 중요했다.

그게 가능한 자가 운현밖에 없다는 것이 조금은 서글픈 일이기는 하다.

하지만 뭐 언제 운현이 모든 것이 다 갖춰지고 나서야 움직였던 적이 있었던가.

다 하다 보니 만들어졌다.

의방을 만들 때도 하나씩 차분히 하다 보니 의원들이 늘었다.

의방 무사도 그러했고, 새로운 약들도 처음에는 모두 운현이 하나둘씩 해결을 해 나갔다.

당장 이 묘한 '기운'의 탐색을 어찌 다른 이들이 사용하게끔 하는 방안은 당장 생각나지 않지만, 그 또한 언젠가는 방법이 생길 거다.

그 전에는.

'직접 발로 뛰는 수밖에 없겠지.'

운현으로서도 미친 듯이 움직이는 것 외에는 달리 수가 없을 터.

그렇기에 운현은 그 사정을 설명한다.

第七章
주변부터 시작

"당장 여기서부터 움직여보도록 하지요."

"그리하도록 합시다. 이거 정말 미안하오. 어찌 도움이 되지를 못하니."

"아닙니다. 이미 여러 가지로 큰 도움을 주셨지 않았습니까."

"그래도…… 하하, 이거 참. 이곳에 오고 나서부터는 참 작아지는 느낌이구려."

주변에서부터 찾는다. 그것의 당위성에 대해서 설명을 했다. 분명 전에 없이 새로운 발견을 한 셈이다.

없던 흔적을 찾았기에 운현으로서 말미암아 많은 것을 해

낼 수 있게 될 거다.

그것을 일행은 알 텐데도, 기뻐하는 한편으로는 약간이지만 서글픈 표정을 지었다.

당기재의 말처럼 운현에게 딱히 도움이 안 된다고 생각해서일지도 몰랐다.

그들 나름 운현을 돕겠답시고, 열심히 움직이는데 결국 항상 가장 고생하는 쪽은 운현이었으니까.

'이번 일만 해도 그랬다.

운기를 통해서 기감을 살리고, 그를 통해서 새로운 기운을 흉내 내고 탐색을 할 수 있기까지.

일행은 할 수 있는 일이 거의 없었다.

되레.

'도움을 받았지……'

'많은 걸 얻었다.'

운현이 운기를 하며 사용한 기의 흐름을 살피면서 꽤 많은 걸 얻었다.

그것이 당장 깨달음까지 이어지지는 못했지만, 가장 많은 것을 얻은 당기재의 경우에는 기감 그 자체에 대한 어떤 '감'을 잡았을 정도다.

이번에 얻은 감이라고 하는 것이 정립되고, 쌓이면서 탄탄해지면 그것은 곧 깨달음으로 이어질 수 있을지도 몰랐다.

다른 이들도 당기재만큼은 아니더라도 작은 것들을 얻었다.

제갈소화, 남궁미, 이명학. 그 셋 모두 기감을 사용하는 방식이 서로 다르듯이 얻은 것도 서로 달랐다.

이것 또한 당기재만큼은 아니어도 분명 도움이 될 터. 우연찮게 깨달음으로 이어질지도 모를 일이다.

고로 깨달음이라고 하는 것이 무인에게 있어 목숨을 걸 만한 것이라는 걸 생각해 본다면!

그들 넷이서 운현에게 받은 것은 목숨만큼이나 귀한 가치가 된다.

비록 아직 깨달음으로 이어지지는 못했지만, 평생을 두고 그들의 성장에 도움이 될 것은 자명한 일이었다.

그런 도움을 받고서도 아무런 도움이 되지를 못하니.

"너무들 심려치 마시지요."

"큼큼…… 아닙니다. 이거 괜히 신의님 마음만 복잡게 만들어드린 거 같습니다."

"하하. 설마요."

그들이 괜찮다 말하면서도 일견 쓸쓸함을 보이는 거까지는 어쩔 수 없는 일일지도 몰랐다.

'약간 꼬인 느낌이군.'

그들이 보이는 쓸쓸함을 또 운현이 나서서 위로를 하고

있으니, 이거야말로 악순환이기도 했다.

오죽하면 이런 일에는 눈치가 별로 없는 운현으로서도 신경이 쓰일 정도일까.

하지만 당장에는.

'방법이 없다.'

이런 감정에 관한 문제는 풀 길이 없었다.

하기는 이런 게 다 사람 사는 일이었다. 단순히 문제가 해결되는 실마리를 찾았다고 해서 좋아만 하는 것도 웃기는 일이긴 했다.

'어쩔 수 없지.'

당장은 운현으로서도 어찌해 줄 수 없는 문제.

특히나 저들이 당장 도움이 못 된다 해서 시무룩해하는 건 제가 어찌할 수도 없는 문제였다.

그렇기에 운현은 주제를 돌릴 겸 가장 급선무인 것부터 이야기를 시작했다.

"당장 나가 보지요. 어차피 주변부터 둘러보기로 했으니."

"그럽지요!"

"예."

다른 이들도 이대로 있어서야 도움이 되지 못할 걸 아는 건지, 운현의 말에 동의하면서 몸을 일으키기 시작한다.

제갈소화, 남궁미, 당기재. 셋 모두 서글퍼했던 표정을 당장은 고친다.

지금 상황에서 도움이 되지 못한다고 하더라도.

'언제고 갚아야지.'

'다른 방식도 있을 거야.'

어떻게든 자신들이 도움이 될 수 있는 것들을 찾겠다는 각오를 다지고 있었다.

다행히 그런 것만으로도 분위기는 한결 나아지기는 했다.

"가지요."

운현이 앞장서고. 그 뒤를 일행들이 따라간다.

가장 늦게 찾아가는 쪽은 의외로 이명학이었다.

그는 각오를 다지는 다른 이들과 다르게 표정이 다소 어두운 편이었다.

'어렵구나⋯⋯.'

무엇을 어렵게 생각하는지는 몰라도, 남궁미나 제갈소화와 다르게 어떤 깊은 생각을 가지고 있는 것이 분명했다.

어쨌거나 일행은 아주 약간의 작은 문제를 안고서, 운현이 찾은 흔적을 이용해서 주변부터 움직이기 시작했다.

*　　　*　　　*

밖으로 나섰다.

때는 신시(15~17시). 태양이 가장 강하게 내리쬐는 시간이었다.

'밝군.'

점심을 들 적에도 보았던 바깥이지만, 본격적으로 움직이기로 마음을 먹어설까. 왠지 햇살이 더욱 밝게 느껴진다.

일행도 마찬가지인지, 누군가는 기지개를 켜기도 하고 또 다른 누군가는 햇살을 즐기는 듯 가만 눈을 감는다.

막간의 평화로운 광경이었다.

"……."

운현도 같이 즐기며 말없이 앞으로 나선다.

목적지로 향하는 곳은 별채를 벗어난 이 장원의 중심. 송상후가 한참 집무를 보고 있을 임시 집무실이었다.

헌데 불행인지 다행인지.

"호오. 신의님, 어쩐 일로 나오셨습니까? 보통 이 시간이면 안에 들어가 계시지 않습니까?"

목표(?)로 삼았던 송상후가 이미 나와 있었다.

'어렵게 찾을 필요는 없겠군.'

찾아서 보려면 여러모로 절차가 있었을 터.

송상후가 운현이 온 것을 거절할 리는 없겠지만, 그렇다

해도 시간이 걸리는 건 걸리는 거였다.

그럼에 약간은 긴장을 하고 나섰던 일행이었건만, 이렇게 마주할 줄이야.

순간적으로 당황을 했다가도, 이 상황을 다행이라고 여기면서 그의 인사를 받는다.

"일이 있어 나왔습니다."

"일이요? 어떤 일입니까? 도와드릴 수 있는 거라면 언제든 도와드리겠습니다."

오랜만에 대화를 해설까.

아니면 운현에게만큼은 깊은 호감을 가진 덕분일까. 송상후는 진심으로 자신이 도움만 된다면 기꺼이 도와주겠다는 표정이었다.

허나 문제는.

'어쩐다.'

운현이 송상후에게 부탁해야 할 문제는 쉽다면 쉽고, 어렵다면 어려운 일.

차라리 전이었더라면 건강 검진을 핑계로 대겠지만, 지금은 그것도 어려웠다.

이미 건강 검진이라는 방법은 써먹은 지 오래인 데다가, 이제 와서 다시 건강 검진을 해 주겠다고 말하면 그건 그거대로 우스운 일이 되기 때문이다.

그렇기에 운현은 순간적으로 뜸을 들일 수밖에 없었다.

"음…… 충분히 가능은 하신 일입니다."

"허허. 그렇습니까? 그거 다행입니다. 대체 무슨 일인지 요."

"으음……."

어찌해야 할까.

솔직히 당신이 의심스러우니 기를 살펴봐야겠습니다라고 말을 해야 할까.

운현에게 한창 호감을 보이고 있는 송상후에게?

그도 아니면 어떻게 말을 해야 할까?

아무리 가벼워 보이는 사람이라고 하더라도 동창의 무사다.

어쭙잖은 방법으로 속이려 해봐야 되레 의심만 키울지도 몰랐다. 오히려 감정의 골이 깊어질지도 몰랐다.

'역시 정면 돌파밖에 없나.'

이럴 줄 알았으면 건강 검진이라는 핑계를 지금에서야 써 먹을 것을, 괜히 빨리 써먹어 버렸다.

변질된 '기운'에 대한 조사가 끝나고서 할 것을, 서둘렀 다가 이런 중요한 순간에 쓰기가 어려워져 버렸다.

큰 실수는 아니지만, 작은 실수는 됐다.

'어쩔 수 없지. 할 것은 해야지.'

괜스레 겸연쩍음을 느끼면서도, 운현은 각오를 다졌다.

송상후를 제압하고 기운을 살필 수도 없으니, 정면 돌파를 택한다.

"부탁을 드려야겠습니다. 조금은 실례가 될 수도 있겠으나, 기운을 좀 살폈으면 합니다."

"흐음…… 기운을요? 진맥과는 다른 의미겠지요? 허허."

웃음을 짓는 송상후.

그러면서도 일순간 날카로운 눈빛이 스쳐 지나간다. 그 눈빛만큼은 평소의 가벼운 그라고 생각하지 못할 만큼 확실히 날카로웠다.

바보가 아니기에 그도 이쯤 되니 여러 가지로 눈치를 챈 것이다.

자신이 운현에게 의심을 받고 있음을. 또한 지금 기운을 살피겠다고 말함은 그 의심에 대한 확인임을 눈치챈 것이다.

하기는 그동안 운현이 여러모로 송상후에게 거리를 가지는 모습을 보이긴 했다.

조사나 그런 것에 참여를 시켜 주지도 않고, 설명을 잘해 주지도 않았다.

그럼에도 한사코 운현에게 호감을 보였었던 송상후다.

하지만 지금처럼 직접적으로 의심을 하고 올 때는 아무리 송상후라고 하더라도 순간 인상이 굳어질 수밖에 없었다.

"흐유……."

그가 한숨을 크게 내쉰다. 운현도 그런 그의 모습에 미안한 기색을 보인다.

그래도 다행히도.

"좋습니다. 이번 일로 신의님에게 확신을 줄 수 있다면야 몇 번이고 해야지요. 바로 여기서 하면 되겠습니까?"

"……안으로 모시지요."

송상후의 답은 긍정이었다.

정말로 다행이었다. 운현은 송상후에게 진심으로 작은 감사함을 느끼면서 송상후를 다시 안으로 데리고 들어갔다.

*   *   *

거창하게 말을 한 것치고는 꽤 금방 들어오게 됐다.

귀찮은 일들을 하지 않고 들어오게 된 것도. 송상후가 생각보다 쉽게 허락을 해 준 것도 좋다.

하지만 분위기가 좋을 수만은 없었다.

이번 일 자체가 의심과 관련이 되어 있으니 어쩔 수 없는 일면이기도 했다.

어쨌거나.

"바로 시작하면 되겠습니까?"

"예. 그럼 잠시……."

안으로 들어온 일행은 바로 자리를 잡았다.

그러곤, 기감을 넓게 펼쳐 주변을 살피는 것도 잊지 않았다. 다행인지 주변에 잡히는 것은 아무것도 없었다.

'전혀 걸리는 게 없군.'

깔끔해도 너무 깔끔할 지경.

그래도 송상후가 이곳 동창 무사들을 책임지고 있는데도, 비밀 호위 하나 붙어 있지 않은 건 꽤 의외긴 했다.

그의 본신 무력을 믿고 있거나, 생각보다는 송상후의 지위가 동창 내에서 아주 높지만은 않을지도 몰랐다.

'뭐 당장은 상관없지.'

하기는 중요한 게 그런 건 아니었다.

당장 송상후의 맥을 살피는 거 자체가 중요했다.

처억.

보란, 듯이 운현을 향해서 손을 내미는 송상후. 거칠다고까지는 말하기 어렵지만, 평상시처럼 조심스럽기만 한 손짓은 분명 아니었다.

운현은 기분 나쁜 기색도 없이 냉큼 그의 손을 받아들었다.

두근. 두근.

"크흠……."

작은 흥분이랄까. 무인의 맥이긴 하다지만, 그래도 꽤나 뛰는 게 거세다.

자신도 모르게 긴장이라도 했는지, 그의 맥이 굉장히 빠르게 뛰는 게 느껴진다.

이 상황이 마음에 들지 않기는 한 듯했다.

그것마저도 실상 상관은 없는 터. 중요한 건 송상후의 맥을 운현이 잡았다는 것이었다.

'아니, 중요한 건 맥이 아니지.'

스으으으.

운현의 기운이 조심스럽게 송상후의 몸으로 퍼지기 시작한다.

"……."

송상후는 가만 아무런 말도 않고 그걸 받아들이기 시작한다.

운현에게서 이미 검진을 받아 본 경험이 있어선지, 따로 저항을 한다거나 하는 기색도 없었다.

그저 운현으로부터 나오는 기운을 가만 받아들이기만 할 뿐이었다.

'어디 보자.'

저항도 없는 상황에서 운현은 찾고 또 찾기 시작했다.

이번에 찾은 괴이한 기운. 다른 기운들을 변질시키는 기운이 없는지를 아주 천천히 살피기 시작한 것이다.

선천진기를 바탕으로 한 운현의 기운들이 송상후의 여러 혈들을 지나간다.

아주 꼼꼼하게.

작은 혈이라고 하더라도 지나치는 기색 없이 지나간다.

엄청난 집중력이 소모되는 일이었다. 허나.

'한 번에 끝내야 해.'

실례가 될 수도 있는 이런 일을 확실하게 끝내기 위해서는 이게 나았다.

겉으로 느껴지는 바는 없었다. 실상 운현의 강한 기감이라면 진즉에 찾아냈을지도 모르지만, 그럼에도 제대로 살펴야 했다.

뚜욱. 뚝.

운현의 눈을 타고 땀이 떨어진다.

육신보다는 정신적으로 힘들어서 그러리라.

얼마의 시간이 지나갔을까. 아주 세세하게 기운들을 살피기 시작하다 보니 시간은 잘도 지나갔다.

한참의 시간이 지나가고.

"후우……."

"끝입니까?"

"예에."

길어지기만 하던 두 사람의 검진 아닌 검진이 끝이 나게 된다.

"······."

"휴우."

뒤에서 들리는 한숨 소리.

처억.

자신도 모르게 긴장해서 무기를 잡고 있던 손이 떼어지는 소리가 들려온다.

그 소리들의 주인공은 운현을 제외한 나머지 일행.

혹여나 무슨 일이 일어날까 싶어, 일행도 긴장을 하고 있었던 것이다.

당장 기운을 살피는 데는 도움이 안 되더라도 다툼이 일어난다면 전력을 다할 준비를 하고 있었던 게 분명하다.

다행히도 그런 일은 일어나지 않았다. 적어도 송상후는.

'그런 기운이 없다. 숨긴 것도 없고.'

배후라고 할 만한 자의 기운이 느껴지지 않았다. 혹시나 숨겨 놓았을까 싶어서 혈 하나, 하나를 살폈지만 흔적조차 없을 정도였다.

다른 기운을 변질시키는 그 괴이한 기운은 꽤나 특이한 기운.

비록 찾기 이전에는 잘 숨어 있지만, 일단 읽어내고 보면 흔적이 남게 되는 기묘한 기운이었다.

그러니 이 정도 검사를 했음에도 나오지 않는다는 건.

'이 사람은 아니군. 다행이야.'

여태까지 운현에게 호감을 표하던 송상후는 완전히 결백한 자라는 게 된다.

송상후는 그래도 괜히 불안한 건지, 오랜 검사로 말랐던 입을 달싹이며 물어왔다.

"어떻습니까? 아니지요?"

"예. 아닙니다. 확실히 아닙니다. 죄송할 따름입니다."

말을 반복치 않는 편인 운현이지만, 이번만큼은 송상후를 위해서 몇 번이고 확답을 해 준다.

송상후에게 미안한 감이 있어 그런 것도 있으리라.

속이 편한 건지, 아니면 운현이라서 넘어가는 건지는 몰라도 그 답을 몇 번 듣고서야 함박웃음을 짓는 송상후다.

"하하. 처음부터 아닐 거 같지 않았습니까? 그래도 이렇게 지나가니 편하긴 편하군요. 아주 좋습니다. 이제 저도 꽤 믿을 만해 보이지 않습니까?"

"……아무렴요."

이런 일을 겪고 나서도 과한 호의를 보여줄 줄이야.

자신이 의심을 받은 걸 기분 나빠하는 기색도 잠시. 운현

에게 아니라는 말을 듣자마자 기분이 바로 풀어지는 송상후
도 참으로 특이한 작자긴 했다.

어쨌거나 그가 쉬이 기분을 풀어 준다는 건 운현에게도
나쁘게 작용하는 일은 아니었다.

마침 황천현에서 동창의 총 지휘를 맡고 있는 그에 대한
의심도 풀었으니, 일이 수월해질 지경이다.

'쇠뿔도 단김에 빼라 했지.'

조심스럽기만 하던 운현이 급할 만치 바로 다음으로 넘어
갔다.

*   *   *

조심스레 꺼내는 이야기.

"이제 확실히 아님을 알았습니다. 하지만……."

"다른 무사들도 과연 그럴지를 장담할 수 없다 이거겠지
요?"

"예. 맞습니다."

다행히도 송상후는 눈치가 아주 없지 않았다.

운현이 무슨 의미로 이야기를 꺼냈는지를 바로 알아들은
듯했다.

송상후는 아니라고 하더라도, 다른 동창 무사들은 여전히

의심스럽다는 운현의 뜻을 바로 이해했다.

운현이 거기에 첨언을 더했다.

"사실 저희가 동창을 의심하게 된 계기는 사체 때문입니다."

"사체라?"

"예. 썩지 않는 사체를 발견했었지요. 꽤 여럿을요. 그런 것들이 많이 있었습니다. 그런데 이곳의 의원들은 그걸 모르더군요?"

"허어…… 썩지 않는 사체라…….."

이어지는 설명. 그 설명이 이어짐에 따라 송상후의 표정이 굳어가기 시작한다.

그로서는 진심으로 사체에 관해서는 몰랐었다는 표정이었다.

정보를 담당하는 동창. 거기다 이번 일로 말미암아 눈에 불을 켜고 하남을 수색하는 그들이 사체들을 모를 거라곤 상상도 안 가지만.

"흐음……."

적어도 침음성을 삼키고 있는 송상후의 표정은 진짜로만 보였다.

한참을 고민하던 그.

그는 의외로 쉽사리 인정을 해 왔다. 다른 인정도 아니고 지금의 상황에 대한 인정이었다.

"신의님의 말이 맞다고 생각하면…… 이거 확실히 큰일이군요. 동창 어딘가에 구멍이 나 있을 수도 있겠습니다. 아니면 협조자가 있거나요."

"저도 그렇게 생각합니다. 해서 송구하긴 하나, 의심을한 거기도 합니다."

"듣고 보니 이해가 갑니다."

평소라면 모른다. 아니 작은 일이었더라면 동창의 눈을피하는 것도 가능할 것이다.

아무리 대단한 동창이라고 하더라도 사람이 만든 조직이고, 사람이 운영하는 조직이다.

구멍이 아주 없을 리가 없다.

하지만 지금의 상황에서는 있던 구멍도 사라질 판이다.

비상 상황이지 않은가. 평상시라면 넘어갔을 일도 동창의무사들이 눈에 불을 켜고서 찾아다닐 그런 시기라 이 말이다.

그런데 수없이 많은 시체들. 특히나 아주 신기하게도 썩지도 않는 사체의 존재에 대해서 동창의 무사가 모른다?

동창과 같이 합류하고 있는 의원들도 그 존재에 대해서운현이 설명하기 전까지 모른다라?

말이 안 된다.

역병의 치료는 운현이 해낸다고 하더라도, 역병을 누가 퍼트렸는지에 대한 조사를 맡고 있는 동창이 몰라서야 말이 되지 않는다.

그런데 송상후는 그런 조직과 관련이 없는 듯한데도 모르고 있는 상황이다.

운현을 도와서라도, 아니 공을 서로 나눠서라도 어서 조사에 들어가야 하는 상황인데도 모르는 기색이라니.

이게 말이 되는가?

"……."

그런 상황 정도는 읽을 줄 아는 송상후다. 그렇기에 송상후의 표정이 무섭도록 가라앉는다.

한참을 고민하는 듯 인상을 찌푸리고 있던 그가 입을 여는 데까지는 생각보다 오랜 시간이 걸렸다.

운현에게 어디까지 말을 해야 할지, 또 어떻게 말을 해야만 차후 문제가 없을지에 대해서 고민을 하는 듯했다.

말 그대로 심사숙고 그 자체.

'보챌 수야 없지.'

운현도 송상후가 이번 일을 들음으로써 놀랄 만하다는 건 충분히 이해하는 상황이었다.

또한 비록 소수라고는 하나 이곳 황천현 동창 무사들을 대표하고 있는 것도 알고 있는 상황이다.

그런 상황에서 그를 다급하게 몰아붙여 봐야 잘 풀릴 일도 좋지 못하게 풀릴 수 있는 상황이었다.

"……."

운현도 아무런 말을 하지 않고 기다릴 뿐이다.

일행도 그 분위기를 자기 손으로 깰 수는 없다는 듯, 침묵을 유지한다.

사람은 많은데 계속해서 침묵은 이어지는 묘한 상황이 계속된다.

그렇게 하염없이 시간이 지나가나 싶을 때.

"크흠……."

침묵을 가장 먼저 깬 것은 송상후였다.

그가 그 어느 때보다 진지하면서도, 심각한 얼굴을 하고서는 운현을 가만 바라본다.

침묵을 깨고 입을 떼려고 하는 이 상황에서조차도, 마지막에 마지막까지 과연 자신이 말을 해도 될지를 가늠하는 눈치였다.

그래도 결론은 금방 나왔다.

말을 하는 것으로.

운현에 대한 호감. 어쩌면 답답하기만 한 지금 상황에서, 송상후가 기댈 만한 곳은 운현이라고 생각해서일지도 몰랐다.

"······이 일은 좋게 꺼낼 이야기는 아닙니다."

"뭔가 생각이 나는 바가 있으신 겁니까?"

"예. 딱 두 가지 중 하나로 결론이 내려질 수도 있겠습니다. 둘 모두 좋은 쪽은 못 되겠지만요."

"둘 중 하나요?"

第八章
세상사

세상사라는 거 자체가 그렇다.

이상적으로는 평화를 바라지만, 어디 평화롭기만 한 곳이 세상인가.

어디를 가나 문제는 일어나기 마련이고, 그 문제를 해결해 가면서 조금씩 앞으로 나아가는 게 세상사다.

전생까지 합친다고 하더라도 장수를 했다고는 못 할 운현이지만, 그 정도는 충분히 알고 있었다.

전혀 다른 세상에 여러 가지 경험이 더해졌기에, 더욱 잘 알 수 있을지도 몰랐다.

그렇기에 송상후가 아주 침중한 표정을 하고서 말하는

것을 다른 이들보다는 덜 놀라며 들을 수 있었다.

두 개의 결론을 말하는 그가 조심스럽게 하나씩 이야기를 꺼내 든다.

"사실…… 동창이 황궁의 조직이라고는 하지만 여러모로 갈려 있습니다."

"갈려 있다는 게 무슨 말입니까?"

"내분……까지는 아니지만, 여러 계파가 있달까요. 완전하지만은 못합니다. 허허."

"이해합니다."

어디 완벽하기만 한 조직이 있을까.

사람이 만든 건데 완벽하기만 할 수가 없다.

다른 일행은 정치판도 아닌, 동창 조직 안에서조차 계파가 나뉘어져 있다는 말에 놀라는 눈치였지만, 운현은 딱히 놀랄 바도 없었다.

'다 똑같은 거지.'

지긋지긋할 만큼 여러 가지로 복합하게 나뉘었던 전생을 겪고 와서 그럴지도 몰랐다.

"어떻게 나뉘어 있는 것입니까?"

"크게는 둘입니다. 하나는…… 내관 출신인 자들이 맡고 있지요. 그리고 다른 하나는 저 같은 무인 출신이라 해야 할까요. 무인이라기에는 아주 애매하지만 내관은 또 아니죠."

"흐음⋯⋯."

동창은 흔히 내관들만의 조직으로 알고 있다.

하지만 모든 자들이 내관은 아니었다. 쉽게 말해서 남자로서의 그곳을 포기한 자들만 동창에 있는 게 아니라는 소리다.

비록 처음엔 내관들을 이용해 황제의 권력을 공고히 하는 것에서 시작했을지 모르겠지만.

'⋯⋯내관이 그리 많지만은 않겠지. 아니, 정보를 취합하는 데는 내관만으로는 부족했을지도.'

여러모로 정보를 활용하는 곳이 동창이 아닌가.

관아를 활용하거나, 동창 무사라는 지위를 이용해서 정보를 모으는 것도 동창의 주요 정보 수집 방법 중에 하나일 터.

하지만 정보를 모으는 방법 중에는 그런 식의 방법 말고, 조심스럽게 숨어 들어가서 첩자 노릇을 하면서 정보를 얻어내는 것도 있을 거다. 아니 분명 있다.

그렇기에 내관들을 이용한 조직이라고 하더라도, 적든 많든 간에 내관이 아닌 자들도 있을 게 분명하다.

그리고 그런 자들도 동창에 꽤나 중요한 역할을 해 줬을 거다.

내관들이 하지 못하는 일을 해 줄 수도 있을 거고, 도움이 되는 일도 분명히 있었을 거다.

처음엔 분명 서로 협조를 하면서 잘 돌아갔을 거다.

하지만.

'조직이 비대해지고 커지면서…… 시간이 흘러가면…….'

시간이 흘러가게 되면?

아무리 황궁의 조직이라고 하더라도, 황제 홀로 완전히 조종을 하지 못할 만큼 조직이 비대해진다면?

송상후의 말마따나 내분까지는 아니라고 하더라도, 계파가 나눠지는 것 정도는 충분히 있을 수 있는 일이었다.

'여럿 있겠지…… 크게는 둘이더라도 속을 들여다보면 더 많을 수도 있다.'

같은 목적을 위해서도 사람이 다르면 방법을 달리하는 법인데, 거대한 조직이라고 하는 곳에서는 더하지 않겠는가?

정말 많은 자들로 나눠져 있을 게 분명하다.

특히 동창 자체가 워낙 특수하다 보니 내관이냐 아니냐로 나눠지는 것도 이해는 갈 만했다.

사람이라는 것은 참으로 별로 시답지도 않은 것으로도 서로 나누기도 하니까.

내관이냐 아니냐 정도면 꽤 큰 이유로 쳐줄 법도 했다.

그럼에도 서로 없어서는 안 되기는 하니, 계파로만 나뉠

뿐 완전히 분열되지는 않았겠지.

또한 황제도.

'통치를 하려면…… 계파가 나뉜 게 편하겠지. 이용하기도.'

동창 자체를 황제의 힘을 강화하기 위해서 만들었다는 걸 생각해 본다면, 계파가 나눠지도록 은근히 유도한 측면도 분명 있을 거다.

한 조직에 편중되게 힘이 실리는 것보다는, 적당히 나뉘는 것이 황제 입장에서도 꽤 편한 일이 될 거다.

어쨌거나 여러 가지의 이유로 그들 내부에 내분이 있는 건 이해가 갈 만했다.

문제는.

"나뉜 거까지는 좋습니다. 문제는 서로의 분열이 꽤 강해지고 있습니다."

"그래도 같은 조직 아닙니까?"

"그렇습니다. 그래서 유지되고는 있지요. 겉으로는 충분히 대단하기도 하고요. 허허."

"그런데 어찌 분열이 강해진답니까?"

"언제부턴가…… 그러니까. 음…… 진철후라는 분이 동창에 들어오고는 그 갈등이 커졌습니다."

"흐음? 어떤 분입니까?"

"그게……."

진철후. 역시 내관 출신은 아니라고 한다.

무인 출신. 어찌하다 보니 황궁에 연이 닿았고, 그 연을 통해서 동창의 무인이 된 자라고 한다.

근데 그의 무력이 꽤 고절한 편이라고 한다.

최소가 초절정의 수준이라는 소리도 있고, 지고한 경지 중 하나인 화경에 들었다는 말도 있다고 한다.

어쨌거나 무공이 꽤나 강한 편.

그가 조심스럽게 동창의 무사들을 모았다고 한다. 내관이 아닌 자들로.

처음에는 작은 세력이었지만, 그의 무력도 무력인 데다가 사람을 이끄는 재주도 보통이 아니었다고 한다.

거기다 어쩐 일인지.

"황궁의 비호도 꽤 받습니다. 고관대작 중에 선이 있는 건지…… 아니면 황실분들에 선이 있는 건지는 모르겠습니다만……."

그의 뒤를 봐주는 뒷배도 분명 있다 싶단다.

무력에, 사람을 이끄는 호탕한 성격, 거기에 뒷배를 통한 자금과 그 이상의 지원까지.

여러 가지로 도움을 받으니 동창 내에서 그의 세력도 꽤나 커져 갔다고 한다.

순식간에 동창을 맡는 태감 중에 하나까지는 가지 못했다고 하더라도 그 바로 아래 둘밖에 없는 첩형(貼刑)의 자리까지 올라갔단다.

그리고 그 첩형의 자리에 올라가고는, 그 밑에 있는 백 명밖에 안 되는 당두(檔頭)를 자신을 따르는 자들로 꽤 채워 넣었다고 한다.

그러다 보니 자리는 첩형의 자리라고 하더라도 꽤나 여러 가지로 동창을 좌지우지할 수 있는 상황이라나.

'그 정도 능력이면 환관들의 조직이라는 동창보다는 금의위를 갈 것이지…… 이상하긴 하군.'

명성, 아니 명예라는 걸 놓고 보면 무인에게 있어서는 동창보다는 금의위가 나은 편.

아주 오랜 후에도 환관들의 조직이라고만 불리게 되는 동창보다는 금의위가 나을 게 분명했다.

척 봐도 뒷배도 있고, 능력도 있는 자가 금의위에 못 들어갈 리가 없었다.

그런 그가 동창으로 들어왔다는 것은.

'처음부터 노리고 들어 왔군.'

어떤 이유에서인지는 몰라도 처음부터 동창을 일정 부분 장악하려는 목적으로 들어왔다고밖에는 생각이 안 들었다.

너무 심한 비약일 수도 있겠지만, 운현의 감이 맞다고 말해 주고 있었다.

어쨌거나 송상후의 이야기는 계속됐다.

"그는 그때부터 철저하게 무관들과 환관 출신을 나누려고 노력했습니다."

"심각합니까?"

"예. 겉으로 드러나지는 않았으나…… 내부로는 심각하지요."

"어느 정도입니까?"

"사실 이번 역병 사태에 동창이 바로 반응 못 한 것도 계파 간에 서로 정보를 거의 공유치 않아서 일어났다는 농담 아닌 농담도 있을 정도였습니다. 허허……."

어째 서글픈 듯 말하는 송상후였다.

"마음 같아서는 그딴 계파고 뭐고 없었으면 합니다. 저야 뭐…… 그리 높은 자리에 있지 못해설지도 모르죠."

"……심려가 크시겠습니다."

"약간은 그렇습니다. 저는 이쪽도 저쪽도 싫어서 밖으로 나다니다 보니…… 이쪽으로 오게 되었죠. 허허."

"그렇군요."

운현이 내력을 살펴본바 송상후의 무력은 꽤나 대단한 편.

동창 무사들의 무력이 높기는 높다지만 일개 조를 하나

맡은 자라고 보기에는 그 무력이 꽤 높은 편이긴 했다.

거기다 어쩐지 평상시에 동창 무사들과 어울리기보다는 운현을 자주 찾았던 송상후이지 않은가.

'사연이 있었군.'

계파를 선택하지도 않은 송상후로서는 여러모로 겉도는 형편이었을 것이 분명하다.

무슨 사연에서인지는 몰라도 동창에 속해 있다고는 하지만 여러 가지로 마음을 붙일 만한 상황도 아니었을 터.

그러니 운현의 옆에 계속 있으려 했을지도 몰랐다.

같은 조직의 사람이지만 머리가 복잡하기만 한 동창의 이들과 어울리는 것보다는 완전한 외부인인 운현이 편했을 수도 있었다.

이제서야 송상후가 보인 운현에 대한 호감이 어느 정도는 이해가 갔다.

운현이 송상후에 대해 이해를 하는 동안 송상후는 계속해서 말을 이어갔다.

"……내부의 문제라고 했지만…… 사실 생각보다 큰 문제일지도 모릅니다. 지금 상황을 들어보면 확실히 그렇습니다."

"그러고 보니 아까 결론을 내리자면 둘 중 하나라고 했던 이유는……."

"어쩌면 두 계파 중에 하나가 내분을 이유로 정보를 제대로 공유치 않았을 수도 있다는 결론이지요."

"그렇다고 하기엔 정보 공유가 너무 안 되지 않습니까?"

"그만큼 내분이 심하긴 합니다. 만약 그도 아니라면……."

송상후의 낯이 납빛으로 변해간다.

그로서는 상상하기도 싫은 상상을 한 듯하다.

그래도 끝까지 결론을 내기는 해야겠다고 생각하는 듯, 마른침을 한 번 크게 삼키고서는 말을 이어간다.

"그도 아니면…… 사실 이건 제일 끔찍합니다마는…… 두 번째 결론을 생각할 수밖에 없습니다."

"……두 번째는 대충 예상이 가는군요."

내분.

내분을 통한 갈등. 그 때문에 제대로 된 정보가 오가지 못했다고 하는 것은 충분히 이해를 할 수 있다.

하지만 그것도 지금의 상황상 자연스럽지가 못했다.

'아무리 내분이 있다고 해도…… 아예 정보를 공유하지 않는 것도 이상하지 않은가.'

상황이 상황 아닌가.

현재로서는 역병의 문제로 동창 자체가 크게 공을 세워야 하는 상황이다.

그런 상황에서 내분이 있고, 계파가 나뉘었다는 이유만

으로 서로의 정보를 공유하지 않는다?

아무리 서로가 갈등이 있고, 공을 탐한다고 하지만, 그건 너무 비약이 심한 면도 있었다.

지금 동창의 상황은 서로의 갈등이 얼마가 크든 간에 힘을 합쳐야 하는 상황이다. 그래야만 이 역병 사태에서 어떻게든 남은 공이나마 세울 수 있는 상황이다.

물론.

'쯧…… 사람이라는 게 이성적으로만 움직이지는 않지.'

동창 내부의 갈등이 심하다 못해 도를 넘을 정도라서, 아주 심각하게 내분을 겪고 있는 걸지도 몰랐다.

덕분에 썩지 않는 사체에 관한 것도 동창 내부에서 서로 공유가 이뤄지지 않을 수도 있었다.

하지만 그것도 결국 비약이 심하긴 했다.

썩지 않는 사체가 한둘도 아니고 꽤나 많은 숫자를 자랑했다.

그런데도 모른다?

이건 단순히 내분이라는 정도가 아니라.

어쩌면 동창 내부의 갈등이 심해지다 못해서, 외부와 손을 잡는 자도 있을 수 있다는 이야기가 된다.

무슨 소리고 하니.

"……내분이고 뭐고 동창의 힘을 완전히 얻기 위해서 무언가에 '협조'를 할지도 모를 일이지요. 맞습니까?"

"허허. 맞습니다. 가장 상상하기 싫은 상황이지요."

"협조라……."

말이 협조다.

쉽게 말해서 어느 계파인지는 몰라도 동창의 권력을 자신이 갖기 위해서 외부의 힘을 빌렸을지도 모른다는 소리다.

그 대가로 동창에서는 정보를 제공했을지도 모른다. 어쩌면 이미 알고 있는 정보를 의도적으로 숨겼을지도 모를 일이다.

말도 안 되는 소리 같지만.

'사람이란 본래 그러하지…….'

자신의 권력을 위해서 내부가 썩든, 손해를 보든 간에 일단 일을 벌이고 보는 자는 생각보다 많았다.

멀리 갈 것도 없다.

운현의 전생. 그 옛날에도 그 작은 땅을 어떻게든 통일해 내겠답시고 외부의 힘을 빌려온 적도 있지 않나.

덕분에 세 개의 국가가 하나로 통합은 되었을지언정, 영토 자체의 크기는 줄었던 상황을 이미 운현은 배워 알고 있었다.

이번 동창의 일도 그런 걸지도 몰랐다.

동창의 세력이 다소 작아지거나, 문제가 될 수는 있다고 하더라도.

동창을 장악하기 위해서 외부 세력과 결탁하는 자는 충분히 있을 수 있었다.

다른 곳도 아닌 황궁의 조직인 동창이기에 그럴 확률은 더더욱 높았다.

"동창의 정보를 황궁을 위해서가 아니라 다른 곳에 팔아넘기는 자가 있다면…… 그건 꽤 끔찍하지 않겠습니까? 허허."

"문제는 그게 일어날 확률이 전혀 없는 건 아니라는 거겠지요?"

"맞습니다. 그게 가장 큰 문제죠."

그러니 문제다.

계파 간의 다툼으로 동창 내부에 문제가 있어서 동창이 제대로 작용하지 못하는 것도 문제고.

역병 사태라는 어마어마한 일이 있음에도, 동창의 일부라도 역병을 일으킨 자들과 결탁을 했다면 그건 그거대로 큰 문제다.

외부에 있는 백 명의 적보다도 내부에 있는 한 명의 적이 더 무서운 터.

그런데 하나도 아니고 여럿. 어쩌면 동창의 한 축을 담당

할 수도 있는 자 중 하나가 외부와 결탁하고 있을 걸 생각하면?

생각만 해도 아찔할 수밖에 없다.

내부의 적 백 명이면 외부의 적 만 명, 아니 그 이상의 방해물이 될 것이 분명했다.

'뭐 하나 쉬운 게 없군.'

기운을 추격하고 그 기운을 따라가서 암중 조직 하나만 처리하면 된다.

라는 단순한 방식으로 일을 진행하던 운현으로서는 생각지도 못한 큰일을 맞닥뜨린 느낌이었다.

어쩌면 완전히 무림만의 일이 아닌, 그 이상. 중원 전체가 관련된 어떤 일이 있을 것 같다는 느낌이 든다.

가슴 아래로 아주 싸한 느낌이 드는 운현이었다.

그렇다고 해서 뒤로 물러날 수도 없는 상황이었다.

'이미 발을 담궜어.'

역병의 사태를 돕는다는 이유로 말미암아, 아주 크게 발을 담그고 있는 상황이다.

굳이 역병의 문제가 아니라고 하더라도, 운현은 암중 조직이 벌이는 여러 가지 일에 관련이 돼 있었다.

그의 고향인 호남성에서 특히 그러했다.

여러 일에 관련됐고 그걸 막았다.

이번 역병을 일으킨 자들이 설사 호남성에 있는 암중 조직과 전혀 다른 조직이라고 해도 상관이 없었다.

이미 역병을 막고, 치료제를 만들어서 퍼트리지 않았는가.

거기에도 모자라서 대놓고 조사까지 하러 다닌 운현이다.

설사 호남에 있는 조직과 이번 역병을 일으킨 자들이 다르다고 하더라도, 이 일은 이 일 나름으로 발을 크게 담궜다.

이 정도까지 방해를 했는데, 역병을 일으킨 자들이 운현을 그냥 두고 볼 리가 없었다.

호랑이, 그것도 아주 미쳐 날뛰고 있는 호랑이 등에 타고 있는 격이다!

그걸 알기에 운현은 내뺄 생각도, 도중에 멈출 생각도 하지 않았다. 대신에 전의를 불태우고 또 불태울 뿐이었다.

그러면서 동시에 운현은 현실적인 방안을 찾기 시작했다.

그리고 그 현실적인 방안이라고 하는 것에는 눈앞에서 그답지 않게 침중한 표정을 짓고 있는 송상후도 포함이 됐다.

"……저와 일을 한번 벌이시겠습니까?"

"일이라 함은 무엇인지요?"

"꽤 큰일이 될 수도 있습니다. 목숨을 걸어야 할지도요. 하지만…… 분명 대의에 어긋나는 일은 아닙니다."

"크흠……."

또다시 고민하는 송상후.

운현이 직접적으로 말은 하지 않아도 그도 어느 정도는 운현의 제의가 뭔지 예상하고 있는 듯했다.

이쯤 되면 송상후로서도 이미 운현과 같은 처지였다.

운현과 여러 번 얽힌 상태. 게다가 동창 내부에도 문제가 있을지 모르는 상태이지 않은가.

그로서도 달리 선택권이 없을지 몰랐다.

그렇기에 답은 정해져 있었다.

"어쩔 수 없지요. 허허. 한번 벌여 보겠습니다. 잘 봐주시겠지요?"

"여부가 있겠습니까."

송상후.

그 또한 운현의 일에 함께하게 됐다.

그가 앞으로 어떤 식으로 움직이게 될지는.

"그럼 차분히 이야기를 해 보지요."

앞으로 두고 볼 문제였다.

과연 다른 일행처럼 함께 움직이게 될지. 그도 아니면 동창의 무인으로서 그만이 할 수 있는 어떤 일을 해낼지는 아직 결정된 바가 없었다.

허나 한 가지는 확실했다.

"호오……."

눈을 빛내면서 운현을 바라보고 있는 송상후의 눈빛은
죽은 눈빛이 아니었다.

살아 있었다.

지금까지 살아온 그 모든 어떤 일보다도 흥분이 된다는
듯, 잔뜩 흥미 어린 표정을 짓고 있었다. 아주 확실하게!

第九章
연목구어(緣木求魚)

주변에서부터 확실히 한다.

그날 밤까지도 끊임없이 이야기를 하고, 계획을 짜고 내려진 결론.

가장 기본적인 이야기일지 모르지만 그 기본마저도 확실히 지켜야 할 상황이기에 내려진 결론이기도 했다.

"……바로 움직이도록 하겠습니다."

송상후는 밤이 되고도 끊임없이 움직이기 시작했다.

여유로워 보였던 그이지만, 운현과의 일이 있은 이후로는 여유를 찾아볼 길이 없었다.

그의 집무실은 밤새도록 불이 꺼질 줄을 몰랐다.

'확실히 하자는 거겠지.'

동창 내부의 내분이고 뭐고, 상관없이 마음 편히 살고 싶어 하는 듯 보이던 송상후였다.

그런 송상후로서는 복잡하게 나뉘어 있는 작금의 상황이 마음에 들려야 들 수가 없었던 상황인 터.

안 그래도 내심이 복잡했을 그다.

그런 상황에서 운현이 명분까지 만들어줬으니, 그가 열심히 움직이는 것도 당연한 일이었다.

되레 그는 지금과 같은 때를 기다리고 있었을지도 몰랐다.

이쪽도 저쪽도 동창 내부의 계파는 마음에 들지 않으니, 그 외의 다른 수단을 기다리고 있었던 걸지도 모를 일이었다.

어쨌거나 송상후는 차분히 움직여 줬고. 그 결과가 이틀 뒤에 바로 하나 드러났다.

*   *   *

이틀 뒤.

송상후는 가타부타 설명도 없이 동창 무사들을 한곳으로 모았다.

의원들을 경호해야 한다는 명분도 소용이 없었다.

미리 말을 맞춘 운현이 당기재를 포함한 일행들을 의원들에게 붙여 놓은 덕분이다.

덕분에 단 한 명의 동창 무인도 빠짐이 없이 모두 모으는 데 성공했다.

안 그래도 다른 곳보다 많은 동창 무사들이 붙었었다. 모아 놓고 보니 그 수가 꽤 됐다. 거의 스물이었다.

그 상태에서 송상후는 다시금 외치기 시작했다.

"지금부터 신의님의 검진을 받도록 한다."

그 내용은 운현의 검진을 받으라는 것이었다.

한 번은 괜찮더라도 두 번은 이상하다. 그걸 안 동창 무사 중 하나가 묻는다.

"……이상합니다. 이미 받은 것이지 않습니까?"

말은 공손하지만 상사인 송상후를 대하는 것치고는 꽤나 예의가 없는 모습이었다.

송상후가 만든 식사 자리에도 경호를 핑계로 모습을 드러내지 않았던 동창 무사기도 했다.

눈빛만 딱 봐도 그가 어떤 마음을 먹고 있는지는 알 만했다.

'송상후를 별로 마음에 들어 하지 않는군.'

어느 쪽도 선택하지 않은 중립인 상태의 송상후.

그가 능력이 있어 지휘를 맡고는 있는 상황이지만, 중립을 선택한 것에 대한 불만이 있는 게 분명했다.

그도 아니라면, 어떤 개인적인 악연이 있을 게 분명했다.

그래도 당장 칼자루를 쥔 쪽은 송상후였다.

"이건 그것과는 조금 다르다. 자세한 것은 그 뒤에 설명을 해 주지. 이건 상관으로서의 명령이다."

"······알겠습니다."

이곳 지휘를 맡은 자는 송상후, 그였고. 동창 무사는 따를 수밖에 없는 처지였다.

몇몇의 무사들.

특히 식사의 자리에 나오지 않았던 무사들이 작게 불만을 표하는 게 보이는 상황이었다.

그래도 명분이고 지휘고 문제는 없는 상황이기에, 다소 분위기는 무겁게 내려앉은 상황에서 일이 시작됐다.

재검진이라는 핑계를 댄 운현만의 조사가 시작된 것이다.

운현은 대뜸.

"여기서부터 하지요."

중간에 서 있는 무사의 바로 앞에 섰다. 송상후에게 불만을 살짝 표하던 바로 그 무사의 앞이었다.

"음······."

눈앞의 동창 무사가 괜히 움찔한다.

운현이 대놓고 그부터 조사할 거라고는 전혀 생각지도 못한 듯한 모습이다.

'나쁘지 않군.'

당장 여럿을 조사해야 하는 운현으로서는 기세를 잡는 느낌이었다.

여러 명을 조사하려면 꽤나 많은 심력을 소모해야 할 터.

이왕이면 분위기를 자신이 잡고 있는 게 좋았다. 덕분에 운현으로서는 작게 한시름을 놓은 느낌이었다.

어쨌거나.

"바로 시작하지."

"여기서 말입니까?"

"그래. 앉게나."

운현은 무사의 바로 앞에 털썩 앉았다.

소탈해 보일 수도 있는 모습이기도 했으나, 보기에 따라서는 너무도 성급해 보이는 모습.

하지만 기세 자체가 운현에게 있어설까. 그 모양새가 그리 나빠 보이지만은 않았다.

"큼……."

그도 어쩔 수 없다 싶었는지, 운현의 앞으로 풀썩 주저앉는다.

옷이 더럽혀지지만 그걸 신경 쓰는 자는 아무도 없었다.

다만 앞으로 무슨 일이 벌어질지를 잔뜩 신경 쓰는 분위기였다.

꿀꺽.

개중에는 지은 죄도 없는데 괜스레 긴장이 되는 건지, 침을 꿀꺽 삼키며 긴장을 표하는 자도 있었다.

그렇게 시작된 검진.

"손목을 주게. 혹시나 말하지만 저항은 하지 말고. 문제가 될 수도 있음은 알고 있겠지?"

운현이 그답지 않게, 위엄 어린 어조로 말한다.

동창 무사도 송상후에게는 살짝 반항을 해 봤어도 운현에게는 그러기 힘든 것인지.

"예에……."

조금은 기가 죽은 표정으로 운현에게 손목을 내보인다.

운현의 명성, 무력, 의술. 뭣 하나 허투루 볼 만한 것이 없는 상황이었기에 가능한 모습이었다.

'시작해 보자.'

고오오오ㅡ

운현은 아주 대놓고 공력을 끌어올리기 시작했다.

고작해야 검진. 아니 정확히는 미세하게 숨어 있는 기운을 찾기 위해서는 그리 많은 내력을 일으킬 필요가 없었다.

그런데도 운현은 상당히 많은 기운을 순식간에 끌어 올렸다.

아무리 운현이라도 자신의 실력 전부를 드러내지 않아야 함은 당연.

삼 할 이상을 항시 숨기는 운현이기에, 그가 드러낸 기운은 가진 기운의 칠 할도 안 되지만.

"……헛."

"상당……하군."

동창의 무사들로서는 운현의 기를 보고 기가 껌뻑 죽는다.

칠 할도 안 되는 기운이라고 하더라도, 선천진기가 가진 위엄이란 게 있었다.

같은 일 년의 내공이라고 하더라도 일반 진기보다 서너 배의 능력을 더 내곤 하는 게 선천진기 아닌가.

그런 선천진기로 한 번에 많은 양을 내보이니 순간적으로 모두를 압도할 정도였다.

효과는 운현의 기대 이상으로 상당했다.

'좋은 분위기.'

운현과 송상후가 생각한 대로라면 경각심은 주면 줄수록 더욱 좋았다.

그렇기에 운현으로서는 이 분위기가 마음에 드는 상황.

그 상황하에서.

"……이상해도 참게나."

운현은 마지막 주의를 주고서는 눈앞의 동창 무사에게 기를 주입하기 시작했다.

*　　　*　　　*

'똑같군.'

많은 수의 동창 무사가 있다. 그들의 진기를 하나씩 살피기 시작한다.

처음 긴장했던 동창 무사들에서부터 시작해서, 운현과 식사 자리를 함께했던 동창 무사들에 이르기까지.

하나둘씩 운현에게 손목을 가져다 대었다.

그 손목을 매개로 해서 기운을 살핀 것은 당연한 이야기다. 처음부터 그게 목적 중에 하나였으니까.

처음에는 꽤 오랜 시간이 걸렸지만, 그 시간마저도 점차 줄어들었다.

하면 할수록 운현이 익숙해져 가서다.

같은 일을 반복하는데도 숙련도가 오르지 않을 만큼 운현은 어리숙하지만은 않았다.

그렇기에 계속해서 검사를 해 나갔는데. 결론은 한 가지밖에 내려지지 않고 있었다.

없다. 계속해서 없다.

'하나도 없군.'

기운을 변질시키는 기운이 묻어나오는 자가 없었다.

그 기운의 특성상 아주 소량이라고 하더라도 일단 흔적이 사라지기는 힘든 일인 터.

우선 운현에게 걸려들기만 하면, 그때는 숨기려야 숨길 수가 없는 그런 기운이었다.

그런데 동창 무사들을 계속해서 살펴보기 시작해도 당장 걸리는 바가 없었다.

아무도.

아예 기운이 묻어나는 자가 없었다.

처음 건강검진이라는 핑계로 기운을 살폈던 때와 비슷했다.

동창 특유의 무공을 익히고들 있었고, 여러 기운을 가지고 있다고 하더라도 변질된 기운과 비슷한 것은 없었다.

아주 확실하게.

몇 번이고 세밀하게 혈을 살피지만 결론은 같았다.

그럼에도 운현은.

'어차피 예상했던 바다.'

실망하는 표정이 전혀 아니었다. 되레 자신의 어떤 생각에 확신을 갖는 듯 계속해서 눈을 빛내고 있었다.

그런 채로.

"바로 다음."

"……여기 있습니다."

검사를 속행하기 시작했다. 계속해서.

*　　　　*　　　　*

그래도 결론은 같았다.

없다.

'달라질 리가 없을 거 같긴 했다. 높은 확률이었지.'

운현으로서도 이미 예상했던 바였다.

좋은 건지 나쁜 건지 알 수는 없으나 당장 동창 내부에는 변질된 기운을 사용하는 자가 없는 게 분명하다.

전에는 변질된 기운에 대해서 잘 알지 못해서 찾지 못했을 수도 있었지만, 지금은 제대로 알기까지 하는 상황 아닌가.

거기다 재검진이라고 말했지만, 아주 대놓고 혈 하나하나를 자세히 살펴봤다.

기운의 종류도 이미 아는 상황에서 자세히 살폈다.

이런 상황에서 운현의 기감을 피해갈 수 있을 리가 없다.

아무리 고수라고 하더라도 그건 어려운 일이다.

하기는 운현보다 몇 수 위의 고수라면 그 기감을 피해갈 수 있을지도 몰랐다.

허나 그가 알기로 동창의 무사들 중에 송상후보다 나은 자는 없었다.

이 부분은 송상후도 이미 장담을 한 바였다.

"다른 건 몰라도 그건 숨길 수 있을 리가 없습니다. 내분이 있다지만…… 명색이 동창이니까요."

송상후의 말마따나 어쨌거나 동창은 동창이다.

동창에 들어오기 이전에 꽤나 여러 가지로 조사를 했을 터. 그러니 아무리 천하의 고수라더라도 그렇게까지 숨기기는 힘들 거다.

그러니 그 부분만큼은 운현도 믿었다.

어쨌거나 운현의 몇 수 이상 가는 고수가 없다고 친다면, 저들 중에는 확실히 변질된 기운을 가진 자가 없다.

그런 결론은 확실히 내려졌다.

그럼에도 운현은 쉬지를 않았다.

"내일도 검사를 하도록 하지요."

"다들 내일도 또 오게나."

바로 내일도 검사를 한다 말했다.

송상후도 이미 들은 바가 있는지, 그런 운현의 말에 동의만 할 뿐 가타부타 다른 말은 하지 않았다.

허나 동창의 무사들로서는 그게 당황스러운 듯했다.

"또 말입니까? 혹시 이상한 게 잡힌 겁니까."

"크흠……."

한 번의 검사도 이상한데, 별다른 이유도 설명하지 않은 채로 또 한 번 그 검사를 하겠다고 하니 불쾌감을 작게 표하는 이도 있었다.

하기는 그들의 모습도 이해는 갈 만했다.

생명의 힘을 머금고 있는 선천진기라지만, 어쨌거나 운현의 기다.

동창 무사들이 익힌 기운과 선천진기는 꽤나 거리가 있었다. 일반 진기와 선천진기의 차이는 매우 컸으니 당연한 이야기인 터!

그런 상황에서 운현의 선천진기가 그들의 혈도 하나를 헤집듯이 살피고 있지 않은가.

검사라는 명목하에!

그게 기분이 좋을 수 있겠는가?

내공을 익히고 있는 무인의 몸에 이종의 진기가 들어오는데? 그것도 자신이 익힌 무공과 성격이 아주 다른 기운이?

절대로 좋을 수가 없었다.

같은 동문, 같은 문파의 무공을 익힌 자들끼리라도, 서로의 내부에 기운을 침범시키지는 않을 정도지 않은가.

한 사람이 다른 사람에게로 기운을 침범시키는 경우는 보통 하나.

내가중수법.

내력을 이용해서 상대를 내부에서부터 상하게 할 때를 제외하곤 거의 없었다.

공격 방법으로나 쓰인다는 이야기다.

그런 상황에서 한 번도 아니고, 두 번. 아니 어쩌면 그 이상으로 검사를 하겠다고 말하고 있으니 그들이 작게 불만을 표하는 것도 이해는 갈 만했다.

운현도 그것을 모르지는 않을 텐데, 표정 하나 바꾸지 않은 채로 말을 이어 나갈 뿐이었다.

"꼭 와야 합니다. 그래도 정 그렇다면야…… 흠…… 이틀에 한 번 정도는 어떻습니까? 경호를 나갈 분들은 빼고 진행하도록 하지요."

반은 경호를 나가고, 반은 검사를 받으러 오라는 소리였다.

그나마 아까처럼 하대는 하고 있지는 않은 운현이었다. 그래도 그 내용이라고 하는 게 마음에 들 수가 없었다.

매일 하는 건 아니지만, 그래도 이틀에 한 번이라니. 그조차도 좋을 수가 없는데.

"그것도 좋겠습니다. 복안이로군요."

옆에 있는 송상후는 뭐가 좋은지 박수까지 과장되게 딱하고 치고서는 동의를 표한다.

'속도 없는가.'

'허…… 이게 어찌 돌아가는 판인지.'

그 모습을 가만 바라봐야 하는 동창의 무사들로서는 속이 쓰릴 지경.

같은 동창 무사로서, 그런 검사를 하는 것을 막아야 할 송상후 아닌가.

어쨌거나 그가 동창 무사들을 지휘하며 이끌고 있으니, 동창 무사들을 위해서라도 말이다.

그런데 막기는커녕 되레 복안이라고 말을 하고 있으니!

그 모습을 바라보는 동창 무사들 중에는 기가 차는 표정을 대놓고 드러내는 자도 있을 정도였다.

특히 송상후에게 검사에 대해서 처음 반감을 드러냈던 무사는 아예 죽을상까지 하고 있었다.

운현은 그런 동창 무사들의 표정을 읽어냈으면서도 무시를 한다.

그러곤 축객령을 내리듯이 말을 꺼낼 따름이었다.

"일단 오늘은 모두 고생했습니다. 그만들 들어가시지요."

"……크흠."

"알겠습니다. 이만 들어가 보겠습니다."

다들 잔뜩 싫은 기색을 드러내면서 기다렸다는 듯이 물러난다.

당장 분위기를 보아하니, 운현이 하는 검사를 피하기도 어려운 터.

그렇다고 따질 수도 없는 상황이니, 자리라도 피하자는 기색이 역력했다.

그 뒷모습을 송상후나 운현으로서는 하염없이 가만 바라본다.

그러다 입을 먼저 여는 쪽은 송상후였다.

"내일이면 다들 경호를 하겠답시고 난리겠지요."

"그럴 겁니다."

"허허…… 그나저나 괜찮으십니까? 이런 말을 하기는 그렇지만, 다들 신의님을 보는 시선이 곱지 않던데……."

"검사라는 게 좋을 수는 없으니…… 그럴 수도 있지요. 이해합니다. 하지만 제대로 끌어내리려면 이 수밖에 없지 않습니까."

"허허. 그도 그렇지요."

"그러니 계속 속행할 수밖에요."

방금 전까지만 하더라도 잔뜩 굳은 표정으로 다그치듯 검사를 해야 한다고 말하던 운현이었다.

하지만 모두가 물러나고, 송상후와 둘만 남은 그의 표정은 그닥 좋아 보이지만은 않았다.

검사를 진행하느라 쌓인 정신적 피로감이 그를 둘러싼 것도 있겠지만, 그의 표정이 안 좋아진 가장 큰 이유는 역시.

'힘든 일이긴 하군.'

마지막에까지 눈에 들어왔던 동창 무사들의 표정 때문이리라.

운현으로서도 그들의 상황을 이해하긴 했다. 그들도 무인인데 아무리 그래도 이런 검사를 계속해서 하기는 싫었겠지.

하지만 송상후에게 말한 것처럼 어쩔 수 없는 일이었다.

대어를 낚으려면 그만큼 큰 미끼를 던져줘야 했다.

그도 아니면 대어가 있을 만한 곳을 아예 뒤집어엎어 버리거나!

그중에서 운현은 하나의 방법을 택했을 뿐이다.

"그럼 먼저 들어가시지요."

"큼큼…… 알겠습니다. 신의님도 조심히 들어가시지요. 저는 마저 일을 진행해 보고 있도록 하겠습니다."

운현을 배려하는 듯 송상후가 먼저 움직이기 시작한다.

그의 목적지는 집무실이 분명할 터.

안에 들어가서는 그의 말대로 운현과 진행하기로 한 일을 위해서라도 꽤 밤늦게까지 움직일 것이 분명했다.

"그럼······."

그가 먼저 들어간다.

그런 뒷모습을 운현은 또 마지막까지 바라본다.

그러곤 나지막이.

"나도 슬슬 들어가 봐야겠군."

밤이 되어 버린 하늘을 바라보고서는 송상후가 가던 곳과 반대편인 다른 곳으로 움직이기 시작한다.

별채. 그를 위한 숙소를 향해서 갔다.

안으로 들어온 그를 기다리는 것은 아무도 없는 작은 별채가 아니었다.

그의 공간이나 다름없는 곳에는 검사를 위해서 낮에 경호를 맡고 있던 일행들이 이미 들어와 있었다.

그들을 대표해서 명학이 묻는다.

"어땠느냐? 성과는 어찌 됐고."

그 특유의 침착한 어조로 말을 했지만, 그의 기색에는 호기심이 잔뜩 어려 있었다.

운현으로부터 어떤 새로운 소식을 듣고 싶은 게 분명했다. 아쉽게도 운현으로서는.

"성과는 없었습니다. 당장은요."

"역시 그렇군······. 아쉽구나."

그들이 기대하는 말을 해 줄 수는 없었다.

하지만 한 가지는 확실히 전달할 수 있었다.

"그래도 걸려들 겁니다. 계속해서 압박을 넣다 보면요."

어떻게든 해내겠다는 의지를 깊게, 아주 깊게 전달하는 운현이었다.

第十章
구우일모(九牛一毛)

　운현의 검진실.

　지금도 검진을 하는 행위는 같지만, 그 속내를 살펴보게 되면 전혀 달랐다.

　전에는 건강검진에 더불어 영약을 지어 주는 행위가 있었다면, 지금은 반쯤은 강제로 검진이라 말하고 내공을 휘저으며 살피고 있는 상황 아닌가.

　덕분에 운현에 대한 호감이 최고조를 달렸던 동창 무사들도.

　"오늘도입니까……."

　"다 하다 보면 아시게 될 겁니다. 그때까지만 참아 주시지요.”

“크흠…… 알겠습니다.”

이제는 검사가 진행될수록 조금씩이지만 불만을 표해 온
다.

운현이기에 감히 대놓고 거절을 한다거나, 대들지는 못하
더라도 표정이 말해 주고 있었다.

지금만 해도 인상을 잔뜩 찡그리고 있는 기색이지 않은
가.

운현의 앞에서 이리 인상을 찡그리다니. 전이라면 상상도
하지 못할 모습이었다.

하지만 지금은.

‘일상이지.’

거의 계속해서 이런 상황이다.

그럼에도 운현으로서는 알면서도 넘길 수밖에 없었다. 아
니 되려.

스으으윽— 스윽—

“으음…….”

“거부하시면 안 됩니다.”

전보다도 더 많은 내력을 불어 넣으며 혈을 살피기 시작했
다.

고통스럽지는 않지만, 자신의 몸에 타인의 기가 들어와서

살피는 기분이란!

온몸이 싹 벗겨지고, 체모마저도 싹 다 관찰당하는 것. 그 이상의 기분을 안겨 주기에는 충분했다.

아무리 운현이 하는 거라지만,

"크흠……."

계속해서 검사의 농도(?)가 짙어지자 동창의 무사로서는 잔뜩 성이 날 수밖에 없었다.

그걸 알 텐데도.

"조심해야 합니다. 조심."

속으로는 내력을 가지고 휘저으면서, 겉으로는 조심하라고 말하면서 성질을 조금씩 긁어댄다.

시간이 지나.

"다음 오시지요."

"……가 보겠습니다."

한 사람, 한 사람씩 검사가 끝이 나기 시작한다. 그날 하루도 그렇게 계속해서 검사가 진행되어 갔다.

*   *   *

"힘들군."

이런 식으로 계속 검사를 진행한다고 해서 안 잡혔던 혼종된 기운이 이제 와서 잡힐 수는 없었다.

운현이 생각하기에도 동창 무사들 중에서 기운을 변질시키는 혼종된 기운을 가진 자는 확실히 없었다.

전이었다면 물론 혼종된 기운을 가진 자가 있어도 넘어갔을 거다.

기운을 변질시키는 기운이 있을 거라고 상상이나 했었겠는가. 천하의 운현이라도 그건 상상 못 했다.

사람이라는 존재는 아는 만큼 보이는 법.

상상도 못 하던 기운이니, 그 기운을 설사 기감으로 발견한다고 하더라도 어찌 쓰일지 상상도 할 수 없다.

또한 그런 기운으로 사체에 어려 있는 죽음의 기운을 변질시킬 거라고는 더더욱 상상하지도 못했을 것이다!

하지만 지금은 달랐다.

기운을 살필 줄 알고. 그럭저럭 흉내도 낼 수 있게 됐다. 그 덕분에 그 기운이 있다면 기감으로 느낄 수 있다.

그래서 검사를 진행했던 거지만 다행인지 불행인지 동창 무사들은 그 혼종된 기운을 가진 자가 아무도 없다.

'좋아해야 할지. 말아야 할지. 모르겠군.'

분명 동창 무사들 중에 누군가가 혼종된 기운을 가지고 있었다면, 일은 편해졌을지도 모른다.

하지만 여태껏 몇 번을 검사해 봐도, 적어도 황천현에 있는 동창 무사들 중에서는 혼종된 기운을 가진 자가 아무도 없었다.

그럼에도 목적이 있어서 계속 검사를 진행하고는 있다. 동창 무사들의 불만이 느껴지지만 계속해서 진행한다.

덕분에 운현으로서는 심력 소모도가 컸다.

상대가 대놓고 싫어하는 짓을 하는데, 심력 소모가 안 될 리가 없었다. 그렇다고 목적이 있으니 안 할 수도 없는 상황.

"흐음…… 우선 오늘은 그만 들어가 봐야겠군."

아주 잠깐씩 휴식을 취해 가면서 버텨가는 운현이었다.

'계획대로 돼야 할 텐데…….'

고진감래(苦盡甘來)라는 말을 믿으며, 언제고 지금 하는 일의 성과가 나오기를 바랄 뿐이었다.

             *   *   *

다행이랄까.

그 성과가 나올 만한 일이 슬슬 벌어지고 있었다.

"으음……."

운현의 검진실이 동창 무사들에 대한 검사로 바쁘다면, 송상후는 같이 계획한 일로 바쁠 수밖에 없었다.

적어도 이번 일에 있어서는 그도 나름의 주연을 맡은 상황이나 다름없었으니 바쁘지 않을 수가 없었다.

평상시에는 속 좋아 보이는 웃음으로, 그가 속한 동창 내부에 분열이 있든 없든 한 걸음 쏙 물러나서 중립을 택했던 그이지만.

"어디 보자. 이건 또 어디로 보내야 하나."

운현과 깊게 발을 디디게 된 이후로는 그조차도 불가했다.

끊임없이 무언가를 작성하기 시작했다.

그리곤 그것을 나름의 기준으로 선별해서.

"저수현으로 날려야겠군."

전서구를 이용해서 날리기 시작한다.

안에 있던 전서구들이 날개를 펼치고 날아가는 장면은 꽤 그럴싸한 멋진 장면이었다.

그들로서는 훈련받은 대로 날아가는 것뿐이지만, 그 자체로 그림의 한 장면 같달까.

허나 송상후로서는 전서구가 날아가는 장면들을 감상할 시간이 없었다.

대신에 날아가는 것만을 잠시 확인을 하고서는 다시금 발걸음을 옮기기 시작한다.

그가 발걸음을 옮긴 곳은 동창 무사들의 숙소.

송상후가 있는 집무실보다는 못하지만, 동창 무사들이 머무르는 곳답게 화려하진 않아도 있을 것은 다 있는 편한 곳이었다.

실제로 얼마 전까지만 하더라도 동창 무사들에게는 얼마 안 되는 편한 자리기도 했다.

하지만 지금 근래 들어서는 그러지가 못했다.

"크흠. 다들 있는가?"

"……오셨습니까?"

"그래. 내 잠시 왔네. 다들 잘 있고."

"물론입니다. 일시적으로 금주령을 내리신 것도 잘 지키고 있습니다."

"허허. 잘했군."

금주령. 말 그대로 당분간은 술을 먹지 말라는 명령을 내렸던 송상후다.

거기에 더불어서.

'오늘은 대체 왜…….'

동창 무사들도 불만을 가질 만큼 매일같이 동창 무사의 숙소를 찾아왔다.

틈만 나면 쪽.

하루에도 몇 번씩이고 불쑥 불쑥 찾아오는데 덕분에 하급 동창 무사들로서는 아주 죽을 맛이었다.

같은 동창 무사라지만 송상후는 관리자가 아닌가. 급이
있다.

다른 무사들은?

동창 무사라는 것 자체가 대단한 일이긴 하지만, 아무래
도 송상후보다는 못하다고 할 수밖에 없었다.

특히나 송상후의 경우에는 여러 계파로 나뉘어 있는 동창
에서 그 어디에도 속하지 않은 자에 가까웠다.

동창 무사라고 해서 무조건적으로 계파에 들어가는 것은
아니라지만!

아무래도 계파가 있는 무사들로서는 그런 송상후가 고깝
게 보이거나, 그게 아니라도 친근하게 느껴질 수만은 없었다.

사람이란 건 같은 편이냐 아니냐는 것으로 꽤나 많은 것
이 갈리는 법이니 그런 동창 무사들의 생각도 이해는 갈 만
했다.

그러니 동창 무사들이 불편해하는 거다.

쉽게 말해 상사가 쉬는 공간인 숙사에까지 매일같이 찾아
오는 상황. 그것도 꺼림칙한 상사가 찾아오는 상황이니 불
편할 수밖에!

전의 송상후라면.

"뭐…… 내가 있어 뭣하겠나. 다들 불편하지. 편히 쉬게
나."

동창 무사들이 머무는 숙사에 오라고 해도 오지 않았을 거다.

하지만 지금은 되레, 동창 무사가 어렵사리 물어보면.

"그럼 오늘은 어디를 살펴보시겠습니까."

"큼…… 어제는 숙사 상태를 보았으니 오늘은 다른 것을 보지."

아주 잘도 대답을 한다.

동창 무사들이 대놓고는 못하더라도 은근슬쩍 싫은 티를 내는데도 얼굴에 철판을 딱 깔고서는 잘도 숙사들을 살펴본다.

"이 안엔 뭐가 있는가?"

"전에도 보셨듯…… 황천현을 조사한 정보들입니다. 정리를 하는 중이었지요."

"그런가? 어디 한번 보지."

"예…… 여기……."

숙소를 그냥 보는 것으로도 모자라, 마치 의심을 하는 듯 동창 무사들 각자가 가진 것들을 귀찮지도 않은지 아주 꼼꼼히도 살펴본다.

"흐음……."

정보를 다루는 동창 아닌가.

그러다 보니 평무사라고 하더라도, 그에 관련된 자료를

여럿 가지고 있을 수밖에 없다.

보통은 이런 것들을 아무리 송상후 정도 되는 직급이라고 하더라도 아주 자세히 보지는 않는다.

각자의 영역이란 것이 있기도 하고, 괜스레 이런 식으로 살펴보는 것은 효율도 별로 안 좋게 나타나는 때가 많기 때문.

그걸 알 만한 송상후인데, 그는 아주 자세히도 본다. 한 글자 한 글자 새기듯이.

"뭐 달라진 건 없군?"

"……예. 같습니다."

그나마 다행이라면 그래도 송상후가 지금의 자리를 도박으로 따낸 건 아닌 듯, 자세히 보는 주제에도 금방 자료들을 살펴내곤 한다는 거였다.

자료들을 이것저것 살펴보는 시간이 길어지게 되면 그건 그거대로 동창 평무사들로서는 힘들어지는 일인 게 분명하다.

이 시간이 길어졌더라면 불만이 몇 배는 더 쌓였을 거다.

'이제 슬슬 갈 때가 되지 않았나.'

와서 숙사를 검사한다거나, 이런 식으로 자료를 본다거나 하는 것을 한번 하면 금방 물러나곤 했다.

딱 그 정도만 하면 된다는 듯이.

그렇기에 슬슬 배웅을 나갈 기세를 보이는데.

"흠…… 오늘은 어디 함께 이야기나 나눠보는 게 어떠한가?"

"예?"

갈 기색이 아니었다!

거기다가 이야기라니? 무슨 이야기를 한단 말인가.

송상후가 평상시에는 사람 좋은 모습을 보인다고는 하더라도 상사는 상사다.

얼마 전이었더라면 이야기나 해 보자는 그의 이야기에 난색을 표하지는 않았겠지만, 그건 얼마 전까지의 이야기가 아닌가.

지금으로서는 슬슬 불편해져 가는 꼰대 상사가 되어 가고 있는 상황이다.

그런데 그런 상사가 저녁이 지나 밤이 되어 가는 시간에 와서 이야기를 나눠 보자니?

거기다 자료를 살피지를 않나, 숙소의 상태를 보겠답시고 안 구석구석까지 살피면서 또 무슨 이야기를 하자는 건가.

그쯤 되니 동창 무사들로서도 슬슬 뭔가 이상하다는 걸 눈치챘다.

아니 정확히는 송상후의 태도가 변할 때부터 뭔가 이상한 건 눈치를 챘지만, 이쯤 되니 노골적으로 느끼기 시작했달까.

'의심인가……'

'의심을 한다고 해도 왜 우리를? 대체 뭐지……'

그들로서도 운현과 송상후가 이야기를 깊게 나눴던 것을 알고 있다.

그 뒤로 운현이 하는 검사가 시행되기 시작했던 것도 눈치로든, 소식으로든 주워들어서 알고 있었다.

송상후가 하고 있는 검사가 의심의 발로라는 것도 대충은 이해를 하고 있었고!

하지만 정도라는 게 있지 않은가.

상황이 하도 수상하니 의심의 기색을 보이는 것도 이해는 하지만, 그래도 적당히라고 하는 게 있는 거다.

'이건 좀 너무하지 않은가.'

결국 동창의 평무사들 몇도 슬쩍 불만을 표한다.

"시간이 늦은 거 같지 않습니까."

"흐음…… 그러니 이야기를 나눠야지. 이런 시간에나 할 수 있는 이야기들이 있지 않나? 허허."

"그것이……"

그런데도 아주 막무가내다.

여러 가지 방식으로 평무사들이 나서서 설득을 해 보는데 어째 먹히지가 않는다.

오늘 기어코 이야기를 해 봐야겠다는 기세다.

결국 물러나야 하는 쪽은 동창 평무사일 수밖에 없었다. 계급이 깡패라고, 송상후가 아주 뻗대고 나서는데 거절을 할 수가 없었다.

송상후가 동창 내부에 계파가 있든 없든 간에 적어도 여기 동창 무사들 중에서는 직급이 가장 높았으니까!

만족스러운지 고개를 끄덕이면서, 송상후가 얄미워 보이는 눈빛을 보내온다.

이야기를 하기도 싫었는데 대상을 고르려는 태도다.

그러다 꽤 진지한 눈빛으로 바뀌기 시작하더니.

"흠. 그럼 어디 보자…… 거기 자네. 그리고 진후. 정찬. 같이 이야기 좀 하지?"

"엇?"

"옙? 알겠습니다."

"……예."

동창 무사 셋을 지목을 한다.

셋 모두 여기 있는 다른 동창의 평무사들과 같은 직급이었다.

허나 한 가지 다른 점이 있다면 모두 동창 내부의 어느 계파에도 속해 있지 않다는 것이었다.

평무사여서 계파를 선택할 필요가 없는 경우거나, 딱히 계파를 선택해서까지 출세를 하고 싶어 하지는 않는 자들이었다.

덕분인지 계파가 없는 송상후랑은 여러 가지 의미로 편하게 지내는 무사들이기도 했다.

서로 같은 처지에 있으니, 심정적으로 친해진 경우다.

그래도 이렇게 대놓고 부르는 경우는 없었다.

계파라는 거 자체가 워낙에 예민한 문제가 아닌가.

그런 식으로 친분을 드러냈다가, 동창 높으신 분들에게 잘못 찍히게 되면 괜스레 곤란해질 수도 있기 때문.

그렇기에 어느 계파도 없는 그들이 서로가 심정적으로 친하게 지낼 터라도, 이런 식으로 다른 동창 무사들이 있는 가운데 불리는 경우는 없었다.

"어서 안 오고 뭐하는가."

그런데 평소 하지 않던 일을 벌인 송상후는 아주 당당하기만 했다.

되레 보채듯이 자신이 이야기를 하겠답시고 부른 무사들을 손짓까지 해 가면서 불렀다.

그러곤.

"긴히 이야기 좀 하지."

"……알겠습니다."

진후, 정찬 등. 선택을 받은 동창 무사들이 곤란해하는 표정을 짓는데도 대놓고 어딘가로 데려가기 시작했다.

이야기를 한다고 하길래 숙사에서 이야기할 줄 알았는데, 전혀 아니었다.

'음?'

'대체 무슨 상황인가…….'

다른 무사들이 얼핏 보기에는 동창에 계파가 없는 무사들끼리 친분이라도 나누러 가는 모양새로 보였다.

하지만 과연 친분만 나누는 것으로 보일까?

깊게 생각해 보면, 계파가 없는 무사들끼리 무언가를 획책한다고 보일 수도 있었다.

너무 왜곡된 시선이라 생각할 수도 있겠지만, 현 상황이 하 수상하다 보니 그런 생각이 드는 것도 어쩔 수가 없었다.

결국 송상후가 데려가지 않고 남은 동창의 무사들은.

"대체 이게 뭔 일인가?"

"모르겠군. 저러실 분이 아닌데……."

"크흠…….."

계파끼리 모여서는 되도 않는 상상의 나래를 펼치기 시작했다.

"그 뭐냐…… 새로운…… 그게 생긴 건가?"

"설마 그럴라고!"

누군가는 새로운 계파가 자신들도 모르게 생긴 게 아닌 건가 생각을 하기도 하고.

또 누군가는.

"신의님하고 대체 뭔 이야기가 된 거야?"

"아니, 우리가 모르는 일이 새로 벌어지고 있는 거 아닌가?"

자신들이 모르는 어떤 일이 동창 내부에서 벌어지고 있는 게 아닌가 하고 걱정을 하기도 했다.

정보를 다루는 데에 꽤 전문적이라고 할 수 있는 동창의 무사들답게.

"이거 제대로 알아봐야 하는 거 아닌가."

"어렵군. 괜히 나섰다가 큰일을 치를 수도 있지 않은가."

머릿속으로 세워지는 가설은 많았다.

선무당이 사람 잡는다는 말이 괜히 있는 게 아니지 않은가.

물론 이들은 동창 무사들답게 능력이 있기는 하다. 그러나 돌아가는 상황을 파악하기에는 상황 자체가 복잡하게 돌아가고 있었다.

그들의 능력으로도 이 상황을 완전히 파악하고 있기에는 확실히 무리다.

그래도 능력이 아주 없는 것은 아니니, 이래저래 가설을 세워 보고 걱정도 하고, 나름 분석이랍시고 이것저것을 이야기해 댄다.

송상후로서는 요 사이 숙사를 검사하고, 평소 친분이 있던 무사들을 불러서 이야기를 한답시고 나선 것뿐인데도.

"요즘 많이 이상하긴 했지?"

"혹시 아시는 게 있는 건가. 흐음…… 우리가 모를 만한 게 뭐가 있지?"

의심과 호기심 등이 끊임없이 짙어져 간다.

"신의님도 요즘은 이상하긴 했지."

"그 검사…… 힘들긴 하다고. 아니 아예 괴롭지."

자연스레 송상후에 대한 이야기는 운현에 대한 이야기까지로 넘어간다.

신의와 송상후. 지금으로서는 떼려야 뗄 수 없는 상황이니 그로 이야기가 넘어가는 건 전혀 이상할 게 없었다.

의심암귀(疑心暗鬼)라 했다. 없던 귀신도 만드는 게 의심이다.

의심을 아예 하지 않으면 모를까. 한번 의심을 꺼내들고, 하면 할수록 그 의심은 더욱 짙어져 간다.

그렇게 증폭되어 가는 의심은.

'……걸렸는가.'

불안을 만들어낸다. 아주 짙은 불안을.

보통 사람은 상상하기 힘들 만큼 무서운 불안을 만들어낸다. 그리고 불안은 또한 압박감으로 다가온다.

한창 토론 아닌 토론을 하고 있는 동창의 무사들.

의심을 피워 가는 그들 속에서, 누군가는 의심을 불안으로 키워 가고 있었다.

불안은 다시 압박감으로 다가오기 시작한다.

누군가에게는 의심이 없던 귀신으로 변하기도 하지만, 또 누군가에게는 숨이 조일 듯한 어마어마한 압박감으로 변화한다.

그리고 그 압박감이라고 하는 건.

때로 행동에 변화를 만들 수도 있었다. 본래는 있지 말아야 할 어떤 변화를 말이다.

第十一章
의심암귀(疑心暗鬼)의 행(行)

"후욱…… 후……."

참을 수 없는 비밀을 가지고 있다면 어찌 될까.

아니 어찌어찌 참아가고 있는 상황인데, 그보다 더한 압박감이 들기 시작하면 어떻게 될까.

'어디서부터 꼬였지.'

평소라면 쉽게 흘려 넘어갈 수 있는 일도 넘기지 못하게 된다.

또한 별거 아닌 일에도 괜한 분노가 생겨나기도 한다.

동창의 무사 정소준이 딱 그랬다.

평소 동창의 무사들 사이에서도 성격이 좋기로 소문이 난

그였다.

내관 출신이 아닌 무사 출신인 정소준이다. 쉽게 말해 동창의 핵심에 있는 진철후를 따르는 자들 중 하나라 이 말이다.

그럼에도 평소 성격이 좋아서, 내관 출신인 동창 무사들과도 여러 가지로 교류를 나누고 있었다.

일종의 온건파랄까.

계파는 서로 다르더라도, 사람이 워낙에 좋으니 딱히 갈등이라고 할 것도 없이 고루 잘 지내는 쪽이 바로 정소준이었다.

하지만 오늘만큼은.

"여어, 고생했네. 허허. 슬슬 교대해야지?"

"왔는가."

"천하의 소준 대협이 오늘따라 왜 죽을상인가?"

"죽을상이라니! 그게 갑자기 무슨 소리인가. 왜 그런 말이 나와."

"험. 그냥 해 본 소리 아닌가. 왜 신경질을 내고 그러나."

분명 작은 신경질이었다. 괜한 신경질이기도 했다.

평상시 성격 좋기로 소문난 정소준치고는, 너무 억지스러운 화이기도 했다.

너무 달랐다. 거기다.

"이거, 이거. 왜 그러나…… 허 참. 어서 들어가 보기나 하게."

"……알았네. 그럼 가 보지."

평소라면 반각 정도는 잡담을 나누면서, 자연스레 교대를 했을 정소준이었다. 그런데 어째 그런 것도 없었다.

아주 사무적으로.

"의원분들은 모두 일정대로 움직이고 계시네. 따로 전달할 것은 없고."

자신들이 진행해 왔던 의원들의 호위에 대한 인수인계를 했을 뿐이었다.

워낙에 딱딱한 목소리여서, 교대를 하러 왔던 동창 무사로서는 괜히 정소준의 눈치까지 보는 참이었다.

"그럼 가 보겠네."

"그래. 수고하라고. 들어가서 좀 쉬고."

"……"

답도 하지 않고서 정소준이 안으로 들어가기 시작했다.

그리고는 그의 발걸음은 자연스레 동창의 숙소로까지 이어졌다. 여기까지는 아주 자연스러웠다.

"왔는가! 왔으니 한잔하지? 오늘은 검사도 없는데."

"……아니네. 몸이 안 좋아서 먼저 들어가 보겠네."

"허어. 어디 무사가 그리 또 몸이 안 좋단 말인가? 몸이 안 좋으면 술로 나아야지."

"내 오늘은 정말 날이 아닌 거 같네. 들어가겠네."

"어쩔 수 없군. 알겠네."

그 좋다는 술자리를 거절한 것도 조금은 이상하긴 했지만, 아까처럼 괜스레 화를 내는 상황까지는 가지 않았다.

'실수였다.'

그도 바보는 아니기에 괜히 화를 내고 실수를 해 봐야 자신만 이상하게 보이는 것을 아는 터.

그렇기에 자신도 모르게 냈던 화를 삭이고는, 최대한 자연스레 행동을 해 나갔다.

적어도 지금까지는. 하지만.

"……음? 뭐지?"

분명 내관이 아닌 무사 출신으로 동창에 있는 정소준이, 내관 출신 무사 중 하나인 종학운을 찾는 건 뭔가 자연스럽지가 않았다.

동창 무사들이 알기로 이 둘은 앙숙 중의 앙숙이었다.

왜 그런 것 있지 않은가. 선천적으로 성격이 맞지 않는 자들. 동창 무사들이 보기에 이들이 딱 그래 보였다.

계파고 뭐고를 떠나서, 그 이전부터 사이가 좋지 못하다고 소문이 나 있었다.

그 둘이 얼핏 대화라도 하면, 오늘은 해가 서쪽에서 떴는가 하고 농담을 던지는 자도 있을 정도였다.

그런데 그런 정소준이 종학운을 찾아왔다.

종학운의 인상이 잔뜩 찡그려지는 것도 당연한 이야기였다. 게다가 그의 표정에는 얼핏 분노까지 담겨 있었다.

"뭐지? 이 시간에?"

"……."

종학운의 물음에도 그는 묵묵부답이었다. 도무지 답을 하지를 않았다.

그 모습 때문인지 종학운의 분노가 더욱 커졌다. 그리고 종학운은 그 분노를 가릴 생각을 전혀 하지 않았다.

대놓고 보여 줬다.

"이리 보여 좋을 것이 없다고 하지 않았나. 제대로 움직여야지. 쓸데없이 이곳을 왜 와!"

투견이 으르렁거리는 듯한 목소리였다.

욕지거리만 섞여 있었더라면 삼류 파락호의 협박이라고도 믿을 만했다. 그만큼 짖어대는 느낌이었다.

"……."

그런 말을 듣고도 정소준은 물러나지 않았다.

기가 죽기는커녕 되레 눈을 치켜떴다. 평소 사람 좋아 보이던 인상을 가진 그였는데, 그런 표정을 하니 흉신악살이 따로 없었다.

마치 숨겨 왔던 본능을 다시 꺼내드는 그런 느낌이었다.

그는 되레 지금까지 참아왔던 것을 씹어 내뱉듯이 외치기 시작했다.

"모든 것이 망하게 생겼다! 앞뒤 가릴 처지인가? 죽으려면 같이 죽어야지! 안 그런가?"

말 한마디, 한마디에 독기가 잔뜩 서려 있었다.

말 그대로 자기 혼자는 절대 죽지 못하겠다는 태도였다.

되레 밀리는 쪽은 종학운이었다.

처음에는 기세 좋게 나섰지만, 상황이 꼬였다는 걸 그제서야 직감했다.

정소준의 눈이 휙 돌아가 있었다.

시뻘겠다. 아니 시뻘겋다 못해 실핏줄이 다 터진 느낌이다. 반쯤 미쳐 있었다.

이대로 두면 어디 가서 일이라도 치를 기세다.

그래서는 곤란했다.

'어째 잘 버티는가 했더니…….'

정소준 혼자 죽을 일이라면 넘어갔겠지만, 이 일에는 종학운도 껴 있었다.

보아하니 돌아가는 상황이 아주 더럽기 그지없었다.

이 상황에서 정소준이 일을 친다? 그대로 그까지 엮여 들어갈 거다. 아주 확실하게.

'그때 끊었어야 했거늘……'

오래전에 있던 일들. 동창 무사가 된 지 얼마 되지 않아서 했던 실수들이 이런 식으로 작용하게 될 줄이야.

그때는 잠시 몇 가지 일만 처리해 주면 되는 것으로 알았는데.

'구렁텅이였어.'

지금 보아하니 아주 깊디깊은 구렁텅이에 빠져 있었다.

자신도 모르는 사이에 언제부턴가 빠져 나오지도 못할 아귀굴에 들어가 있었던 게 분명하다.

그리고 그 아귀 중에는 정소준 같은 놈도 있다.

같은 처지인 주제에 종학운 자신이 빠져 나올 듯하면, 같이 끌고 들어갈 기세인 아귀가 있었다.

아주 눈이 시뻘게져서, 자신을 저 밑바닥 구렁텅이로 빠트리려고 했다.

그러면 안 되었다.

이 상황에서 정소준에게 엮이는 것도 위험하지만, 그가 눈이 돌아가서 일을 벌이게 되면 그건 더 큰 위험이 될 거다.

결국 할 수 없다는 듯,

"후우."

숨을 팍하고 쉬는 종학운이다.

그리고는 어쩔 수 없다는 듯 옆으로 슬쩍 몸을 비켜 줬다.

"들어와. 들어와서 이야기하자고. 사람 몰리게는 하지 말자고."

"……알았다."

종학운이 반쯤 물러나자, 그제서야 시뻘게졌던 눈이 조금은 돌아오기 시작하는 정소준이었다.

원하는 게 이뤄지니, 광기가 조금은 사그라든 것이다.

하지만 이런 광기가 사라진 것도 잠시다. 언제고 나올 수 있는 것이 광기다.

예측 못하는 괴물이란 것이 광기기도 했다.

그걸 잘 아는 종학운은 누가 보더라도 굉장히 조심스러워하며 안으로 들인다.

정소준이 안으로 들어간 걸 확인하고도.

"……."

조용히 바깥을 바라본다.

이 소란을 바라본 자가 있기라도 할까 아주 자세히 살펴보기 시작했다.

운현에 비해서는 턱없이 부족하겠지만 기감까지 살려서 주변을 살필 정도였다.

'없군.'

그들로서는 다행이었을까.

정소준이 눈이 시뻘게져서 찾아왔지만, 그 장면을 본 자는 당장은 없는 듯했다.

주변에서 느껴지는 기척이 없었다.

'교대하는 시간이어서 다행이었던 건가.'

정소준이 의원들의 호위를 하다 말고 교대해서 온 것처럼, 다른 자들도 교대를 위해서 움직이고 있는 듯했다.

다들 움직이느라 바쁘니, 덕분에 다른 동창 무사들의 시선을 비껴나가게 된 것이다.

그리 여기면서.

"후우……."

한숨을 크게 내쉬고서는 정소준이 있는 안으로 들어가는 종학운이었다.

*　　　*　　　*

잠시 광기가 잦아든 정소준.

그런 정소준에게 평소와는 다르게 온후한 목소리로 종학운이 물어 온다.

"이게 무슨 소란이야."

"어쩔 수가 없다. 지금 상황이 그렇지 않나. 대감도 이상하고, 신의도 이상하다."

평소 앙숙이라고 불린 둘과는 다르게, 둘의 시선은 그리

적대적이지만은 않았다.

여전히 정소준에게 광기의 후유증이 남아 있기는 했지만 소문과는 확실히 달랐다.

문제는 그가 미친 듯이 불안해하고 있다는 것 정도다.

이성을 이미 잃기라도 한 듯이, 그는 반은 불안감에 또 반은 절망감에 빠져들어 있었다.

산 자의 눈이 아니라, 죽어가는 자의 눈빛이었다. 그래서 절망 어린 광기가 눈에 담겨들어 갔을지도 몰랐다.

그런데도 종학운은 자신이 기세를 어느 정도 잡았다고 여겼는지, 힐난하듯 말해 왔다.

"그래도 상황을 살폈어야지! 아니면 '그 자리'가 있지 않나."

"그 자리도 이미 다녀간 거 같지 않나? 거기다 이미 꼬리가 잡힌 느낌이라고."

그 자리. 그들만의 은어인 게 분명했다.

"그거 문제군……."

"정말 그 자리가 들켰다면…… 그건 정말로……."

광기도 전염되듯 불안도 전염되어 간다.

괜스레 전해진 불안에 종학운도 약간은 불안해한다. 그러다가 이내.

'그래선 안 되지.'

그 불안을 어떻게든 떨쳐낸다.

정소준보다는 심지가 굳은 것인지, 그나마 그는 불안을 이겨냈다.

그래도 여전히 정소준은 불안해했다. 불안해서야 이성적일 수가 없었다.

'지금 상황에선 그래선 안 되지.'

불안해하는 정소준을 종학운이 한참을 두고 달랜다. 어르고 달래기도 하고, 때로는 화를 내고 힐책을 하면서 기를 죽이기도 한다.

정소준의 눈에 실려 있는 광기를 최대한 죽이려고 노력한다.

그러면서도 기감을 돋워 주변을 살피기를 멈추지를 않는다.

여러 가지로 신경을 써가며 노력을 하는 종학운이었다. 그런 종학운의 노력이 통했는지, 조금씩 대화가 진전되어 가기 시작했다.

"내가 말한 건 살펴봤어? 네가 살펴보는 게 자연스러웠을 텐데?"

"그럴 시간이 있었나. 교대가 아니면 검사를 하는데……
멀리 갈 수가 있어야지. 오늘 종가 너도 검사할 차례 아닌가?"

"……오늘은 취소라더군."

"취소라고? 그게 오히려 이상하지 않나? 우리를 노리고 있는 거 아냐?"

"그건 아닌 듯했다. 정확히 우리를 의심하지는 않아. 모두가 쉬게 했으니까."

"그래도 불안한데……."

"헛소리 말지. 그렇게 불안해하면 될 일도 안 된다고. 오늘 네가 여기 온 것도 문제다. 시선이 없었기에 망정이지! 누가 봤으면 어쩌려고 그러나!"

"……그럼 우린 이제부터 어떻게 해야 하나?"

"후음……."

아무래도 이 둘 중에 이끌어가는 쪽은 종학운인 듯했다. 정소준은 한참을 두고 그의 답을 기다렸다.

'어렵군.'

자기가 살기 위해서라도 종학운이 이리저리 머리를 굴려보지만 당장에 떠오르는 건 없었다.

그로서는 아무리 머리를 굴려도 뭔가가 나오지는 않는 상황이었다.

'최악을 준비해야 할지도 모르겠어.'

불안해하는 정소준도 그러하고, 자신이 보기에도 돌아가는 상황이 심상치 않기는 했다.

상황이 꼬여 있었다.

그리고 꼬인 상황을 종학운은 자신의 힘으로 풀 자신이 없었다. 자신은 이런 일에는 영 소질이 없었다.

그나마 정소준보다는 나아서, 정소준이 저리 기대어 오는 거 같기는 하지만 역시 무리였다.

'마지막 수를 준비해야 하나.'

이대로라면 그대로 어찌할 새도 없이, 꼬리가 잡힐 수도 있는 상황이었다.

그가 보기에도 뭔가 이상하게 돌아가기는 돌아갔다.

그러니 확실히 해야 했다.

준비를 할 것은 하고, 자를 건 잘라야 했다. 혹 자신이 잡힐 상황인 것 같으면 이 앞의 정소준이라도 팔아 넘겨야 했다.

그도 아니면.

'가서 어떻게든 살 구실을 찾아야겠지.'

지금의 구렁텅이로 자신을 몰아 넣어버린 '그곳'에 가서 깽판이라도 칠 생각을 하는 종학운이었다.

그래도 동창 무사 출신에, 원해서 한 것은 아니지만 어찌어찌 일을 처리해 주며 나름 세운 공도 있지 않은가.

정 안 되면 자신이 알고 있는 모든 것을 불어버린다고 협박이라도 하면 '그곳'에서 살 구실을 만들어 줄 수도 있을 거다.

적어도 자기 하나는.

눈앞에 정소준까지는 아무래도.

'어렵겠지.'

자신의 힘으로도 살려주기는 힘들 수도 있었다.

아예 불가능한 것은 아니지만, 아무래도 둘 모두를 살리는 것보다는 하나만 사는 게 확률이 더 높았다.

적어도 종학운이 보기에는 그랬다.

'어쩔 수 없는 거다. 나를 원망하지 말라고. 네가 위험을 자초한 거니까.'

종학운의 눈이 결심으로 굳어진다.

살기 위해서 내관이 되고, 내관이 되면서 남자의 중요한 것까지도 포기하는 독기를 가졌던 종학운이 다시 독기를 가졌다.

동창 무사가 되기 위해 죽어나가는 수련을 해내던 그 독기가 다시 살아났다. 살기 위해서.

그리고 그 독기가.

"……방법이 전혀 없는 건 아닌 거 같다."

"뭔가?"

"잘 들어보게."

자신과 같은 구렁텅이에 빠진 같은 처지의 '아귀'를 지금

보다 더한 구렁텅이로 빠트리려 하고 있었다.

그런 상황도 모른 채로 정소준은 종학운의 말이 자신을 구해 줄 귀한 동아줄이라도 되는 듯 집중했다.

그의 말 한마디 한마디를 한 자도 빠트리지 않고 듣고 있었다.

그것이 썩은 동아줄인지도 모른 채로.

第十二章
암중행(暗中行)

"......"

스윽. 슥.

무인이 되면 안 그래도 몸놀림이 남다르다. 동창 무사 정도 되는 무위를 가지게 되면 그중에서도 특출 난 편에 속하게 된다.

깨달음이 필요한 절정 고수만큼은 아니라고 해도, 어지간한 낭인들보다는 훨씬 나은 게 당연했다.

그도 그랬다.

특히나 그는 이런 일에 특화가 되어 있는 편이다. 실제로 암행을 여럿 해 왔고, 그의 특기로 삼았다 이 말이다.

어둠을 삼킬 듯이 시커먼 암행복을 걸치고서, 얼굴에도 복면을 쓰고 움직이는 게 자연스럽기 그지없었다.

따로 은신술을 펼친 거 같지도 않은데 그는 용케 주변에 있는 자들을 다 피해 갔다.

"허험…… 그러니까 내가 말이지."

"에이. 또 쉰소리 하려면 하지 말라고!"

하기는 숙소를 지킨답시고 근무를 서고 있는 동창 무사도 외부에 침입에 민감할 뿐, 안에서 바깥으로 나가는 움직임에는 신경을 쓰지 않고 있었다.

동창 무사 중에 누가 움직이랴 하는 생각을 하고 있는 거다.

그런 생각은 자연스레 방심으로 이어졌고, 복면을 하고 있는 정소준에게는 그 방심이 호기로 이어졌다.

'……됐다.'

생각보다 쉽게 돌아가는 상황에 내심 쾌재를 부르면서 그가 조심스레 움직이기 시작했다.

전보다는 조금 더 속도를 빨리했다.

그럼에도 걸리지 않았다. 동창 무사들은 그저.

"믿어 보래도? 정말이라고. 내가 대감하고……."

"허…… 그 말을 누가 믿나……."

그날도 전과 같은 똑같은 하루라고 여기면서, 농담 따먹

기나 하며 시간을 보낼 뿐이었다.

그런 케케묵은 시답잖은 농담을 들으면서 한참을 전진한 정소준은 노력 끝에 결실을 얻듯 동창 무사들의 숙소를 벗어날 수 있었다.

'성공인가.'

적어도 그가 생각하기에는 완벽한 암행이었다.

동창 무사들 중에 그 누구에게도 걸릴 거라고는 생각이 들지 않는 상황이었다.

'잘됐어.'

그동안 그가 겪은 동창 무사로서의 여러 임무, 암행술 등 등이 그를 잘 이끌어 줬다 싶었다.

그가 마지막이라도 되는 듯 동창의 숙소를 한 번 일견한다.

그 방향은 종학운이 있는 방향이었다.

'멍청하긴.'

자신이 꾐에 빠진 것도 모른 채로 정소준은 괜히 종학운이 있는 방향을 향해서 한 번 빈정댔다.

그가 보기에 자신을 '그 자리'에 먼저 가라고 한 종학운은 아무리 봐도 멍청이였다.

이런 급한 상황에 어서 움직이고 봐야지, 자신부터 보내서 뭣하겠는가.

평상시에도 조심스러운 성격을 갖더니 그 조심성이 그의 목을 죄는 것을 모르는 듯해 보였다.

'쓸데없는 조심성을 탓해야지.'

정소준이 생각하기에는 지금 상황은 미친 듯이 움직여야 할 상황이지, 몸을 사리고 있을 상황은 아니었다.

그리 생각하면서.

타앗.

몸을 날렸다. 숙사를 벗어나자마자 경공술을 사용하기 시작했다.

"......."

내공을 아끼지 않고 사용했다. 거기에 더불어서 주변을 살피는 것도 잊지 않았다.

혹여나 보통의 양민이 자신을 눈치채기라도 한다면, 한 합에 목숨을 빼앗을 각오까지 하고 있는 상황이었다.

그러지 않기를 바라기는 하지만 살기 위해서라면 무슨 짓이든 할 각오가 정소준은 돼 있었다.

그로서는 오로지 산다는 것에 초점을 맞추며, 광기를 잔뜩 흩뿌리고 있는 상태였다.

'없다.'

다행이도 시간이 늦어서인지, 그의 시선에 걸리는 자는 없었다.

지나가던 양민들도 몇 보였지만, 시커먼 야행복을 입고 있는 그를 눈치채는 양민은 단 아무도 없었다. 그를 느꼈다는 낌새조차도 보이지 않았다.

　'일이 잘 풀리는군.'

　황천현을 나서고부터는 속도를 더하기 시작했다.

　속도를 더하기 시작하자 주변으로 그가 움직이는 소리가 들리기 시작한다. 풀숲을 가르는 소리가 이 야밤에 굉장히 크게 들리기 시작했다.

　신경이 쓰이긴 하지만.

　'상관없지.'

　정소준으로서는 상관이 없다 여겼다.

　당장 그에게 있어 일 순위는 '그 자리'로 가는 것이었다.

　시선을 끌지 않는 것도 중요했지만, 황천현을 벗어낫지 않은가. 그가 보기에 이 야밤에 자신 말고 움직일 자는 따로 없었다.

　그 신의도 조사를 한답시고 여러 곳을 돌아다니기는 했지만, 요즘은 그런 기색도 없었던 터다.

　그러니 안심을 하고 움직였다.

　'바로 간다.'

　그의 뒤를 따르는 자들이 있을 수도 있음을 애써 무시하면서.

＊　　　＊　　　＊

"하악……."

동창 무사라고 해도 무림 최고수는 못 된다.

게다가 수준 높은 무사라고 할지라도 여기까지 달려오는데는 꽤 많은 시간이 걸릴 것이 분명했다.

오랜 시간 경공을 펼치다 보면 지치는 것은 당연한 일.

어지간한 자들은 이곳에 오다가 탈진을 일으켜도 할 말이 없을 정도였다.

정소준도 딱 그랬다.

암행을 펼치기 위해 참을성을 길렀고, 여러모로 돌아다니다 보니 경공에 조예가 있어 그나마 여기까지 오기는 했지만.

'힘들군……'

꽤나 지쳐 버렸다.

하기는 무리도 아니었다.

가볍게나마 전서구를 날리거나, 그도 아니면 어쩌다 기회를 엿보고 시간을 내서 오던 곳에 한 번에 달려와 버린 그다.

숨을 헉헉대고는 있지만 탈진을 하지도 않고 여기까지 온 것만 해도 대단했다.

'……어디.'

그가 머리를 휘휘 돌린다.

마지막에 마지막까지 누군가가 있는가 확인한다. 그건 일종의 습관이었다. 동창 무사로서 활동을 하면서 얻었었던 습관.

워낙에 은밀한 일을 도맡아서 해 온 정소준이다 보니, 그도 모르게 어쩔 수 없게 가지게 된 습관이었다.

적어도 그가 보기에는 걸리는 게 없었다. 다행이었다. 여기까지 잘해 온 거니까.

'지금쯤이면 알려졌으려나.'

그래도 또 한편으로는 걱정이 있기도 했다.

여기까지 잘 오기는 했지만, 시간이 많이 소요됐다. 지금쯤이면 숙소에서 자신이 없어진 것을 다른 동창 무사가 확인했을지도 몰랐다.

오늘만큼은 근무에서 빠지기는 했지만, 같은 방을 쓰는 자는 근무에 나가기로 되어 있었다.

근무를 나가다가 그가 없는 것을 보게 되면?

이불을 여러 겹 싸놓고, 그가 있는 것처럼 만들고 조심스럽게 나오기는 했지만 혹시 또 모를 일이었다.

그때가 된다면 자신이 뭔가 있음을 다들 눈치챌지도 몰

랐다.

'이미 가호지세다.'

허나 호랑이 등에 올라탄 지가 오래다.

이미 이판사판이었다. 그의 눈이 광기로 가득 찬 지가 오래다.

여기까지 안 걸리고 잘해 왔지만, 이미 너무 멀리 왔던 것인지도 몰랐다.

그러니 정소준은 가만히 있다가 걸리는 것보다도 우선은 내빼고 보는 게 맞다고 여겼다.

그게 그가 생각하기에는 당장에는 최선이었다.

그리고 지금까지는 그 최선을 잘해 왔다고 여겼다. 이젠 남은 건 하나.

'협상을 해야겠지.'

이곳을 타고 들어가서 협상을 해야 했다.

"후욱……."

그가 숨을 크게 들이쉬었다 내쉰다. 호흡을 조절한다. 다행히도 오랜 훈련을 받은 육체는 금방 회복을 해냈다.

'보자.'

숨을 고르게 바꾸고서도 그는 끊임없이 움직이기 시작했다.

대신 행동이 변했다. 전까지는 빠르게 움직이기만 했다

면, 숨을 고르고 나서부터는 아주 침착하기 그지없었다.

귀한 진리를 찾으려 하는 학자가 되기라도 할 것처럼, 한쪽 눈에는 광기를 다른 한쪽 눈에는 조심성을 안고서는 조심히 움직이기 시작한다.

풀과 나무. 오로지 숲. 야생동물조차도 보이지 않는다.

그런 곳에서도 그는 열심히 주변을 뒤적이기 시작한다.

'여기쯤이었는데…… 오랜만에 오니 어렵군.'

익숙한 듯도 하고, 또 익숙하지 않은 듯도 한 이상한 자세를 취하면서 한참을 찾아본다.

하기는 물만 있으면 불쑥 불쑥 자라는 게 풀이지 않은가. 숲에서라면 그런 풀들이 더욱 쉬이 자랄 것은 당연한 이야기.

오랜만에 와서 숲길을 찾으라고 하면, 숲을 토대로 살아가는 사냥꾼이나 약초꾼이지 않고서는 찾기도 어려운 게 당연하긴 했다.

그래도 어렵긴 해도 불가능한 일은 아니기에.

'……찾았다.'

정소준은 어렵사리 그가 원하는 것을 찾기 시작했다.

돌무더기 몇 개. 어지러이 널려 있는 나뭇조각들.

그런 것을 찾은 주제에 그는 대단한 보물을 찾은 사람이라도 되는 것처럼 눈에 생기가 돌기 시작한다.

투욱. 투욱. 툭.

규칙적인 듯 규칙적이지 않은 듯, 묘한 박자를 가지고서 그가 손을 움직인다.

'실패하면 안 된다.'

돌무더기나 풀을 움직이는 것치고는 아주 조심스러운 손길이었다.

그 조심스러운 손길에 대한 보답이라도 되는 것일까.

스으으으.

그의 주변의 기가 움직이기 시작했다.

마치 무인이 기를 끌어 올리는 것처럼 움직이는데, 그 움직임에도 정소준이 보였던 것과 비슷한 박자가 있었다.

프슥.

한참 움직이던 기가, 햇살에 안개가 사라지듯 완전히 눈 녹듯이 사라진다.

본래부터 그런 기의 움직임은 존재하지 않는다는 듯.

그러다 얼마 후.

그르르릉.

굉음이 일기 시작한다. 마치 거대한 돌덩이를 움직이는 듯한 그런 굉음이었다.

실제로.

'됐다. 나왔다!'

정소준의 열 보쯤 앞에 전에 없던 작은 동굴이 생겨나 있었다. 분명 바위가 있던 자리였는데 그 바위가 홀로 움직인 느낌이었다.

귀신이 재주라도 부린 듯했다.

양민들이 봤더라면, 산신이 노했다고 놀랐을지도 모를 일이었다.

허나 정소준 같은 무인이 보기에는.

'대단하단 말이지. 운이 좋았다.'

진으로 만들어진 광경이었을 뿐이었다.

물론 그에게 이런 진을 설치하라고 하면 하지는 못한다. 하지만 중요한 건 이용할 줄 안다는 점 아니겠는가.

정소준으로서는 오랜만에 이곳에 오면서도, 진의 활용법을 잊지 않았다는 게 중요했다.

"……."

그가 이제는 살았다는 눈빛으로 성큼 안으로 발을 디딘다.

＊　　　＊　　　＊

바위가 움직이다 보니 굉음이 나기는 했지만, 동굴의 안은 그리 크지 않았다.

성인 남자가 허리를 살짝 구부려야 될 정도의 높이였다. 옆으로도 공간이 따로 없었다. 이조차도 성인 남자가 겨우 지나갈 넓이였다.

덩치가 어지간히 큰 자는 들어오기도 힘들어 보이는 곳이 었다.

기어이 들어오려면 옆으로 움직여야 겨우 움직일 수 있을 만한 그런 작은 동굴이었다.

그래도 누가 봐도 자연스러운 공간은 아니었다.

삐뚤빼뚤하지 않았다. 게다가 동굴 안이 쭉쭉 이어지기까지 했다. 인공적으로 만든 태가 났다.

'어찌 만들었을지 모르겠군. 토행공을 썼다고 하기에는 암벽이지 않나.'

이런 곳을 인공적으로 만들다니! 대체 누가 그런 짓을 했을까.

정소준으로서는 올 때마다 위화감을 느끼는 부분이기도 했다.

사람을 시켰다고 하기에는 너무도 대규모의 공사를 필요로 했을 느낌이다. 차라리 큰 동굴을 만드는 게 쉬워 보이지, 딱 이런 작은 공간을 만드는 게 오히려 더 어려워 보였다.

그렇다고 흙이나 암벽을 쉽게 파내고는 하는 토행공을 이용해서 이곳 동굴을 만들었다는 것도 웃기다.

'내력이 어마어마하게 많아야 하지 않겠나.'

토행공이 잡술로 치부받기도 하지만, 엄밀히 말하면 무공이다.

그 나름의 깊이가 있기는 있다.

실제 토행공을 극한까지 익힌 고수는 땅마저도 이용해서 대결을 펼치기도 한다. 자주 나오지는 않지만 간간이 세대를 건너뛰며 토행공의 고수가 등장하기도 했다.

여하튼 그런 토행공은 돌이든 흙이든 잘도 뚫어댄다.

문제는 그걸 뚫을 수 있게 받쳐주는 내력이다!

어지간한 이들이 하는 것보다도 빠르게 할 수 있게 해주는 토행공이지만, 그만큼 내공의 소모도 크기도 했다.

흙을 파는 것은 작은 내력으로도 쉬이 되지만, 이런 암벽을 토행공으로 파는 게 쉬이 되겠는가?

최소 일 갑자는 되는 내력을 가진 고수가 토행공을 펼쳐야 가능한 이야기일 거다.

그런데 그런 자를 어디서 구한단 말인가? 아니 그런 자를 애써 구한다고 하더라도 그런 고수가 토행공이나 펼치고 있을까?

정확히는 토행공을 익히기나 했을까?

확률이 극히 낮다.

토행공은 분명 쓰기에 따라 굉장한 쓰임을 가진 무공이기도 하지만, 익히는 자가 극히 적다.

특히 체면을 중시하는 무림인이란 자들은, 그런 토행공을 잡술로 치부하기까지 하지 않는가.

고수를 애써 구한다고 하더라도 토행공을 펼쳐줄 확률은 너무도 낮았다.

그러니 이 공간을 바라보는 정소준으로서는 위화감을 느낄 수밖에 없었다.

대체 누가 이런 공간을 어떻게 만들었을지가 가늠이 안되기 때문이었다.

'……뭐, 상관이 있겠는가.'

그래도 그는 위화감을 느끼는 것과 상관없이 끊임없이 발을 놀렸다. 안으로. 또 안으로.

이곳의 위장을 믿는 건지, 이 안에는 어떤 함정 같은 것은 일절 없었다.

애써 이런 암굴을 만들어 내기는 했어도, 함정까지 설치할 재주는 없었던 듯하다.

덕분에 성큼성큼 발을 디디자, 금방 목적지에 도달을 할 수 있었다.

'거의 도착했다.'

그 목적지는 지금까지 보았던 암굴보다는 수배는 더 컸

다.

공동이나 다름이 없었다.

암굴은 최소한으로 팠어도 이곳은 제대로 만들 생각이었는지, 아주 제대로 파 놓았다.

어지간한 자연 동굴보다도 더욱 컸다.

장정 수십 명이 있어도 공간에 부족함을 느끼지 못할 정도였다.

대단하지 않은가?

작은 암굴을 파는 것도 힘든데, 이런 공동이라니.

진짜 토행술의 고수가 있다면 몇은 와야 했을 거다. 아니면 한 명의 고수가 굉장한 수고를 들여야 겨우 만들 수 있을 공간이었다.

거기다 그 안에는 오래도록 생활할 백곡단이며, 물까지 있었다. 용케도 동굴 안으로 흐르는 물이 지나가고 있었다.

'됐다.'

거의 다 도착했다. 몇 걸음만 더 걸으면 됐다. 그제서야 정소준은 안심을 했다.

이곳에서라면 몇날 며칠이고 버틸 수 있을 거라 여겼다.

그리고 버티다가 조심스레 움직이면 될 거라고 여겼다. 동창의 무사 노릇을 더 못 할 수도 있겠지만 살았으면 그것으로 됐다.

안전을 위해서라고 말하며 자신부터 보낸, 홀로 남은 종학운이 이제 와서 마음에 걸리기는 한다.

'지운이지.'

하지만 따로 동료애가 있었던 것은 아니다. 어쩌다 보니 같은 처지였고, 어쩌다 보니 같이 합작을 하게 된 거였다.

언제고 서로를 버리려면 버릴 수 있는 관계였다.

그러니 뒤늦게 출발한 그가 오지 못한다고 하더라도 그로서는 상관이 없었다.

단지 이곳에 도착해서 산다는 것이 중요했고, 이 뒤에 어떻게 할지, 그 '조직'과는 어찌해야 할지를 구상하는 것이 중요했다.

당장 송상후나 신의에게 걸려서, 뒷감당을 하지 못할 상황보다는 훨씬 낫다고 여겼다.

그렇기에 긴장을 풀었다.

그런데. 그 목적지에는.

"……음?"

그가 생각지도 못한 인물이 있었다. 아니 그 인물과 함께 여럿의 존재들이 있었다.

*　　　*　　　*

정소준이 놀라서 외친다.

누가 봐도 그의 상태는 깜짝 놀란 상태였다. 눈을 크게 뜨고, 온몸에는 식은땀이 흐르는 게 그 증거였다.

"대체 누구냐! 여기에는 어떻게 왔지? 그곳이냐!?"

"흐음……."

깜짝 놀란 정소준을 마주하고 있는 사내는 그런 정소준을 관찰하듯 가만 바라볼 뿐이었다.

그의 뒤에 자리하고 있는 것들도 정소준에게는 관심도 없다는 듯 시선조차도 주지 않고 있었다.

괜히 더 열이 받아 외친다.

"누구냐고 했지 않느냐! 대체 이곳에 어찌!"

한참을 발광해 본다. 자신의 최후의 안식처. 어쩌면 꽤 오랜 시간을 보내야 할 자리를 누군가가 차지하고 있는 상황이니 그럴 만도 했다.

허나 그에 대한 답변은 전혀 예상치 못한 것이었다.

"객이 주인을 뭐라 하는군."

"뭐, 뭣?"

"이곳이 네 것이더냐?"

"……."

정소준의 말문이 막힌다.

엄밀히 말해 이곳은 그의 것이 아니다. 단지 알고 있는 장

소일 뿐이다. 소식을 보내야 할 장소로 사용을 하기도 하고.
일을 획책하는 장소로 쓰기도 했다.

특히 사체들을 치울 때 애용했던 자리기도 했다. 사기를
머금은 사체들 몇 구. 그것을 이쪽으로 옮겼었던 적이 있다.

그때도 이런 눈앞의 사내, 아니 중년인은 이곳에 없었다.

'가만……'

그러고 보니 뭔가 이상했다.

자신이 종학운과 특별히 가져왔던 몇 구의 시체는 대체
어디로 갔단 말인가?

그들이 없던 사이에 치우기라도 했던 건가?

자신이 돕고 있는 조직이 얼핏 느끼기에도 꽤 은밀한 행
사를 하기는 했지만, 언제 또 사체들을 챙겨 가져갔단 말인
가.

귀신이 곡할 노릇이었다.

거기다 중년의 사내 뒤로 있는 존재들도 뭔가 기이하기까
지 했다. 가만 느껴 보니.

'사기 아닌가……'

흔히 말하는 사기와 비슷한 기운을 흘리고 있었다. 정확
히는 굉장히 깊고 어두운 기운이기도 했다.

어째 옮겨왔던 사체들과 비슷한 기운이었다.

허나 그것들은 사체고, 저자들은 살아서 움직이고 있다는

게 달랐다.

'뭔가 이상한데……'

한참 말도 못하던 정소준이 뭔가 이상함을 느낀다. 없던 의혹이 생긴다.

자신의 최후의 보루라 여겼던 이곳에 선객이 있는 데다가, 더 이상은 달리 갈 곳도 없는 상황.

앞도 뒤도 막힌 막막한 상황이기에 머리만큼은 평소보다 더 잘 돌아가고 있는 걸지도 몰랐다.

흥분을 조금 죽인다. 그리고 묻는다.

"대체 누구냐. 조직에서 나온 거라면…… 도움을 바란다. 아니 바라오. 꼭!"

"……재밌는 아해로구나."

동아줄을 잡듯, 어떻게든 부탁을 하는 정소준이다.

눈앞의 사내가 무릎을 꿇으라면 꿇을 기세다.

그런 기세와는 상관없이 사내는 계속해서 정소준을 관찰하는 태도다.

입꼬리가 살짝 올라가 있는 것이 지금의 상황을 즐기는 듯도 보였다. 다른 사람의 곤란을 즐기다니. 참으로 막돼먹은 자였다.

가만 보니 사내의 행색도 이상했다.

옷은 거의 거적때기에 가깝긴 했지만, 자세히 살펴보니

거적때기가 되기 이전에는 어디 승려가 입었을 법한 복장 같기도 했다.

머리도 거뭇하게 자라 있기는 했지만, 성인치고는 굉장히 짧은 편에 속했다. 자라다 만 느낌이었다.

흡사 바깥에서 저런 사내를 보았더라면 파계승이겠거니 할 만한 그런 모습이었다.

그런데 또 목에 걸쳐진 건 염주가 아니었고, 손에 쥐어져 있는 건 학자들이나 쓴다는 섭선이었다.

그래 놓고는 발에는 또 귀하게 만들었을 멋들어진 신을 신고 있으니.

거적때기와 머리는 파계승이고, 손에는 학자 같은 섭선에, 어디 행세깨나 한다는 대감이나 신고 다닐 신이라니.

뭣 하나 조화롭게 어울리는 것이 없었고, 뭣 하나 이상하지 않은 것이 없는 자였다.

"……."

"……."

이어진 침묵.

한참을 두고 묘한 대치가 이뤄진다.

상상도 하지 못한 상황에 정소준으로서는 식은땀만 뻘뻘 난다. 온몸이 땀으로 젖는 느낌이었다.

정소준이 바짓가랑이라도 잡는다면 모를까, 대치는 끝없

이 이어질 분위기였다.

그런데 그런 대치는 의외로 눈앞에 있던 선객인 중년인으로부터 깨어졌다.

중년인이 분노를 하듯 다그친다.

"놈…… 쥐새끼들을 끌고 왔구나! 이래서 '바깥' 놈들은 쓰는 게 아니라고 했거늘."

"그게 무슨 소리요? 내가 무슨…… 쥐새끼를……."

"갈! 멍청한 놈 하나를 잘못 들였구나. 쯧."

"……설명을 하란 말이오!"

놀라서 되묻는 정소준.

"큭……."

그는 자신의 광기를 이기지 못하고 다그쳐 물어보려고 했다.

하지만 광기를 쏟아내려야 쏟아낼 수가 없었다. 어느샌가 그의 목줄기를 중년인이 꽉하고 잡고 있었다.

보지도 못했다. 순식간이었다.

"크……으……."

최고수는 아니더라도, 일류는 되는 정소준이다. 그런데도 반항도 하지 못했다. 아니 반응 자체를 하지 못했다.

'이게 대체.'

그로서는 어찌 이뤄진 상황인지 가늠도 되지 않았다.

금세 목이 더 조여진다. 숨이 쉬어지지 않는다. 정신이 사그라들려 한다. 애써 내공을 돋워서.

후웅!

일장을 날려본다. 검술을 사용하지만 지금은 검을 뽑을 새도 없었다.

퍼억.

그의 일장이 중년인에 복부에 작렬한다. 하지만.

'……바…… 바위…….'

먹히지를 않는다. 말 그대로 바위와 같은 단단함이었다.

외공의 고수인가 싶었다.

하지만 외공의 고수라고 하기에는 몸놀림이 너무 빨랐다. 경공술이 보통을 넘지 않고서야 그런 몸놀림은 말도 되지 않는다.

그렇다면 금강불괴인가? 하지만 그것도 아닌 듯싶었다. 무인의 본능으로 그건 확실히 알 수 있었다.

'……호랑이 굴에 들어온 건가.'

정신을 잃어 간다.

천하의 무인이라도 숨을 쉬지 못하니 어쩔 수가 없다. 차라리 일장을 날리지 않았더라면 더 버틸 수도 있었겠지만, 이미 지나간 일이었다.

"크……르…….."

그의 정신이 완전히 아득해져 시야가 암전되려는 그 순간.

"그쯤 하지?"

익숙하면서도, 이곳에서는 듣지 못할 거라고 여겼던 목소리가 들려온다.

第十三章
괴이(怪異)

　정신이 나가는 상황에서도 신기하게도 또렷하게 들려오는 목소리다.

　직격해서 바로 귀로 파고드는 느낌이었다.

　이곳에 있을 리가 없는 인물의 목소리여서 더욱 그럴지도 몰랐다. 이곳에서 볼 거라고는 꿈에서도 상상치 못했으니까.

　정소준의 귀에 박히는 목소리.

　'신의?'

　신의였다.

　헌앙한 목소리를 내곤 하던 신의의 목소리는 오늘만큼은

꽤나 냉막했다.

평상시와는 전혀 다른 목소리. 적을 대할 때 나오는 그런 목소리였다.

그리고 그런 신의의 목소리는 정소준의 목을 죄어오던 중년인의 시선을 끌기에는 차고도 넘쳤다.

"호오? 쥐새끼가 아니라, 호랑이 새끼를 데려왔구나."

"……크륵……."

이대로라면 정소준의 숨이 다 넘어가려는 상황이었다.

잠시의 시간이라지만 중년인의 악력은 어마어마했다. 정소준 또한 무인이기는 했지만, 강한 악력에 목이 이렇게 조여서야 더 버티기가 힘들었다.

그러나 다행히도. 신의인 운현이 의술이 아닌 다른 의미로 그를 살렸다.

파계승의 행색을 한 중년인이 아귀힘으로 정소준을 잡아놓고는, 그대로 내쳐버린다.

휘이이익.

정소준의 몸이 바람에 천 조각이 날리듯 훅하고 날아간다.

"크억……."

그대로 바닥에 쿵 소리를 내며 몸이 바닥에 꼬꾸라진다. 정신이 하나도 없는 건지 낙법 따위는 사용하지도 못했다.

그래도 죽는 것보다는 사는 게 훨씬 나은 건 당연했다.

"케엑…… 켁."

정소준이 잔숨을 쉼 없이 내쉰다. 계속해서 반복을 해설까. 조금씩이지만 숨이 돌아오기 시작한다.

"크으……."

죽다 살아났다. 말 그대로 정말 죽을 수가 있었다. 하지만 그에게는 그게 끝이 아니었으니.

그의 어깨를 꽉하고 잡는 존재가 있었다.

"……멀리도 못 가더군?"

"……."

신의의 뒤를 이어서 나타난 이 중 하나. 당기재.

그가 모습을 드러내자마자 정소준의 어깨를 잡는다. 남은 다른 손으로는.

"좀 쉬라고."

투욱. 툭.

순식간에 혈도를 짚기 시작했다.

'……안 되는데.'

순식간에 정신이 옅어지기 시작한다.

목 줄기가 조여 오는 와중에서도 어찌 버텼던 정소준인데, 혈이 찔리고서야 버틸 재간도 없었다.

경공술을 사용하느라 내공을 거의 소모한 지 오래였기

에, 더욱 저항하기가 어려웠다.

그야말로 순식간에 제압된다. 열심히 도망을 온 거치고
는 너무도 허무한 제압이었다.

"……됐소이다."

혼혈을 짚어서 완전히 제압을 해낸 당기재가 끝이 났다
는 듯 신의를 바라본다.

"……."

운현도 아무런 말도 하지 않고 고개를 끄덕인다.

그가 보기에도 정소준은 완전히 제압됐다.

당기재의 손아귀에 있는 한 이곳을 벗어날 수 있을 리가
없었다.

거기다 덤으로.

'무사 하나를 잡으러 왔는데 말이지.'

운현으로서는 생각지도 못한 이가 있었다.

누군지 정체를 모른다. 그 기묘한 모습을 보고 떠오르는
자도 없었다.

하지만 여기에 있다는 것만으로도 충분했다.

제갈소화가 기어이 진을 해체해 내지 못했다면 들어오지
도 못할 곳이었다.

아직 내막은 자세히 모르지만, 압박하는 상황을 만들어
내니 알아서 이쪽으로 기어들어 온 정소준이 선택한 장소에

있는 중년인이었다.

그것만으로도.

'충분하지 않은가. 차고도 넘치지.'

눈앞에 있는 사내를 제압할 이유는 충분했다.

"킥…… 뭘 그리 보느냐? 반하기라도 했느냐?"

"제정신이 아니군."

거기다 척 봐도 중년인은 대놓고 운현을 도발하고 있었다.

운현을 호랑이 새끼라고 하는 걸로 보아, 누구인지를 이미 알고 있을 게 분명한 터.

그런데도 도발을 하다니.

어지간히 자신의 실력에 자신이 있는 게 분명하다.

안하무인이기도 했다. 당기재가 있고, 그 뒤를 이어서 온 남궁미, 제갈소화 등이 있는데도 전혀 신경을 쓰지 않는 태도였다.

그래도 척 봐도 전혀 근거 없는 자신감은 아니었다.

'기운이 강해.'

어지간한 자들은 찜 쪄 먹을 만한 운현이 보기에도 사내의 기운은 굉장했다.

스르릉.

운현이 검을 뽑아든다. 장인 한춘석이 만들어준 검이 멋

들어진 검신을 드러낸다. 천하의 보검은 못 되더라도 명검
은 되는 검이었다.

"호……."

중년인도 그걸 알아보는 듯 눈에 이채를 띤다.

몸에 따로 검이 없는 것으로 보아서는 검을 사용하는 자
도 아닌데도, 운현의 검을 보고서는 탐욕 어린 눈을 할 정
도다.

"음?"

그리곤 예상치 못한 행동을 한다.

투욱.

손에 쥐어져 있던 고급스러운 섭선을 그대로 바닥에 내
팽개쳐 버린다.

'무기가 아니었나.'

운현으로서는 어울리지도 않게 섭선을 들고 있는 것으로
보아, 그 섭선이 그자의 무기일 것이라 생각했다.

하지만 아니었다.

사내는 섭선을 무기로 하는 자가 아니었다.

"그 검, 꽤 흥미롭구나?"

"……."

대신에 특이한 취향을 가진 자였다.

섭선을 바닥에 내팽개치고서는, 운현의 검에 탐욕스런

눈빛을 보낸다.

손에 쥐고 있던 섭선을 대신해서 운현의 검을 자기 손에 쥐고야 말겠다는 의지가 전해질 정도였다.

'완전히 미친 놈이군······.'

보아하니 저 섭선도 누군가의 것을 빼앗은 것이 분명하다.

정신없는 몸가짐을 하고 있는 것으로 보아, 정상적인 방법으로 섭선을 가져왔을 리가 없다.

강제적이며 또한 어마어마한 폭력이 들어간 짓을 했을 거다.

무림에 쌔고쌘 놈들이 미친놈들이라지만, 저자는 그런 쌔고쌘 미친놈들 중에서도 상급의 미친놈인 듯했다.

처음 보는 유형이었다.

하지만.

'기세만큼은 진짜이니······.'

운현은 잔뜩 긴장을 하며 기운을 불러일으키기 시작했다.

중년인이 가진 기운도 대단했지만, 운현이 가진 기운도 분명 대단했다. 중년 사내에 비해서 절대로 밀리지 않는 기운이다.

하지만 중년의 사내는 그런 운현을 보고도 겁이 전혀 나지 않는 듯했다.

"흐흐. 내놓거라. 내놔. 이제 내 것이니."

같이 기운을 일으키면서 그저 성큼성큼 다가올 뿐이었다.

흡사 파락호가 힘없는 아녀자의 물건을 탐하는 듯한 태도였다. 운현을 앞에 두고도 긴장한 기색이 전혀 없었다.

꽈아악.

그럴수록 운현은 검을 더욱 굳세게 쥐었다. 그의 의지를 따라 물 흐르듯 흐르는 기운을 조율했다.

검에 기운을 불러일으킨다.

화아아악—

'처음은…… 탐색.'

검강까지는 꺼내어 들지도 않는다. 가능은 하지만, 그건 효율의 문제였다.

아무 때나 검강을 꺼내서야 전투를 계속해서 지속할 수 있을 리가 없었다.

대신에 운현은 검강을 대신해서 검기를 뽑아낸다. 줄기 줄기 흘러나오는 검기의 빛이 황홀하기 그지없다.

"노옴!"

쓰아아악.

그 순간을 기다렸다는 듯 중년인은 갑작스럽게 속도를

더하기 시작했다.

덩치를 꽤 가신 편이었는데도 불구하고, 그 속도는 어지간한 경공의 고수들 못지않았다.

하기야 정소준을 제압할 때 보여줬던 그의 경신재간은 분명히 하급의 그것이 아니었다. 상급의 수준을 가지고 있었다.

정소준을 제압하던 것이 우연은 아니었다는 듯 금세 사내는 운현과 거리가 가까워졌다.

그사이. 운현은 잡았던 자세 그대로 검을 내리 그었다.

무답무용(問答無用)의 상황이었다.

더 말을 해서 무엇하랴. 오로지 검으로 모든 것을 보여줄 뿐.

'왼쪽이다.'

출발은 중년인보다 움직임이 느렸을지언정, 대응을 하지 못하는 것은 아니었다.

상대가 어디로 올지를 가늠했다. 그대로 세웠던 검을 약간은 옆으로 눕힌다. 검기의 줄기줄기 솟은 빛이 검을 따라 옆으로 눕는다.

그 순간 앞으로 쐑 하고 휘둘러지는 운현의 검.

그것을 기다렸다는 듯 단 한 점의 망설임도 없이 부딪쳐 오는 중년인!

콰아아앙!

고수끼리의 전투에서는 폭음이 잘 일어나지 않는 법이건만, 운현과 중년인은 단 한 번의 부딪침으로도 어마어마한 폭음을 냈다.

운현은 그때까지만 하더라도 자신이 우위를 가질 수 있을 거라고 여겼다.

나이는 어리더라도 자신은 초절정에 가까웠다. 경지가 결코 낮지만은 않았다. 내공도 보통은 넘어섰다.

게다가 중년인은 몸으로 달려들면서 손에 수기를 일으키지도, 수강을 만들어내지도 않았다.

다만 기운만 줄기줄기 내뿜었을 뿐이다.

피륙과 검기를 일으킨 검이 붙었다. 그러면 당연히 유리한 쪽은 운현이지 않은가.

그런데도.

'저항감이 컸다. 아니, 막아낸 게 분명해.'

운현으로서는 베는 느낌이 없었다.

"킬킬. 꽤 하는구나?"

되레 웃으면서 달려드는 중년인의 후속타를 막기 바빴다.

수기가 없는 채로, 특이한 파지법을 하고 있는 중년인은 흡사 독수리가 먹이를 낚아채듯 운현의 몸을 낚아채려 하고 있었다.

때로는 순간적으로 변화를 일으켜서 운현의 몸 그 자체를 손으로 꿰뚫으려 하고 있었다.

가장 앞서 있는 운현은 그 기세를 아주 제대로 느끼고 있었다.

온몸의 기감을 세우고, 그 상태 그대로 사내의 공격을 막고 피하고를 반복해 냈다.

'어지간한 자가 아냐.'

처음부터 방심은 하지 않았다.

다만 예상보다도 사내의 무공이 대단했다. 아니 정확히는 사내의 몸이 단단했다.

분명히 사내의 몸에 자신의 검이 작렬했었다.

검기를 줄기줄기 내뿜고 있는 검은, 검강보다는 못하다고 하더라도 어지간한 것들은 전부 잘라낼 수 있는 위력을 가지고 있었다.

그런데 그런 검기를 머금은 검이 생채기조차도 내지 못했다.

이유는 알 수 없다. 무슨 무공 때문인지, 운현의 안목으로도 당장은 알 수가 없었다.

중요한 것은 중년인이 대단한 무공 재간을 가졌다는 것.

그런 재간을 가진 자를 상대로 제압을 해내야만 계속해서 커져 가는 운현의 궁금증을 해결할 수 있다는 게 중요했다.

'기운이 이상하지 않은가.'

혼종됐던 기운. 다른 기운들을 변질시키는 기운. 그 기운과 비슷한 기운이 중년인에게 줄기줄기 맺혀져 있었다.

마치 갑옷이라도 되는 듯 그의 온몸을 그 혼종된 기운이 그를 감싸고 있었다.

분명 눈앞의 중년인은 살아서 움직이는데, 살아 움직이는 자의 기운이 아니라 다 죽은 자의 기운이 온몸을 감싸고 있었다.

그런데도 잘 싸우며, 잘 움직이고,

"노옴! 제대로 해라!"

말까지 꺼내고 있었다.

자신을 탐색하는 운현의 눈빛이 기분이 나쁜 듯 괴성까지 내지르면서 분노까지 할 정도였다.

이런 사내는 운현으로서도 처음 상대하는 이였다.

그러니 제대로 제압을 해야 했다. 얻어내야 할 것이 많았다.

어찌 행동해야 할지는 결정했다.

사내를 제압하고 얻을 것은 얻는다는 결론은 너무도 쉽게 내려졌다.

다만 이제는 쉬운 결론이 아닌, 그 결론을 실제로 실현하기 위해서 움직여야 할 때였다.

움직이기 위한 의지가 운현은 충분히 있었다.

"흐아아압!"

사내의 손을 쳐낸다. 그 반탄력을 이용해서 한 걸음 물러난다.

고오오오.

그 작은 틈을 이용해서 기운을 불러일으킨다.

일으킨 기운에 의지를 더한다.

'더 강하게!'

자신의 검. 멋들어진 명검이 생명이라도 되는 듯 의지를 심는다.

더욱 강해지라 말한다. 더욱 예리해지라 말한다. 더욱 많은 기를 흡수하라 말한다. 그 의지를 검이 받든다. 운현의 애병이 된 검이.

스아악.

운현의 의지를 그대로 받아들여 검기를 더욱 두텁게 만들기 시작한다.

검기가 두터워지고 또 두터워진다. 운현의 진기를 받들어 더욱 완벽에 가까운 검기가 된다.

한없이 두터워지기만 하던 검기가 검을 완전히 뒤덮는 그 순간. 다시 얇아진다.

하지만 한번 두터워졌다가 다시 돌아온 검은 완벽에 가까운 형태를 갖추고 있었다.

검강!

검술의 지고한 경지에 들어선 자만이 만들 수 있는 완벽한 검강이 운현의 검에 자리하고 있었다.

휘이익!

검을 휘두른다.

초식명을 말하지는 않았다. 그런 건 하수나, 아니 겉멋만 잔뜩 든 멍청이나 하는 짓이었다.

검을 휘두르고 상대를 제압한다고 하는 것은 초식명을 멋들어지게 말하고 검을 휘둘러서 이뤄지는 게 아니었다.

언제고, 어느 때든, 어떤 상태건 간에 자신의 의지가 원하는 대로!

어느 때고 검을 휘두를 수 있도록 몇 번이고 아니 몇천, 몇만 번이고 검을 휘둘러 몸에 새겨놓았던 검법을 펼치는 것이 바로 검술이다.

휘두른 검만큼 의지를 쌓고, 그 의지대로 휘두르는 것이 고수의 휘두름이었다.

운현이 그랬다.

그의 검이 상대를 제압하겠다는 운현의 의지를 받들어 끊임없이 휘둘러진다.

검기를 만들며 많은 기운을 소모하기는 했지만, 운현의 검의 속도는 시간이 갈수록 더욱 빨라졌다.

계속해서 휘둘러진다.

상대를 제압하기 위해서. 상대의 빈틈을 노린다. 빈틈이 없으면 없던 빈틈을 만들어 내기 위해서 끊임없이 허공에 선을 그린다.

검기에도 몸을 버텨냈던 중년인도 그제서야.

"크흐……."

옅은 신음을 내뱉는다. 자신도 모르게 내뱉은 신음에.

"노옴!"

분노가 더해진다.

잔뜩 화가 난 기색이었다. 순간 우습게 봤던 운현에게 밀렸다는 것에 분노한 눈치였다.

"찢어죽여 주마!"

상투적인 말투. 파락호나 날릴 말을 하면서 중년인도 기운을 더욱 북돋아 올리기 시작한다.

하지만 그 누구보다 무서운 살기를 담은 말이었다.

중년의 사내가 본격적으로 기운을 싣고 움직이자, 그의 손에도 수강이 맺히기 시작한다.

핏빛도, 시퍼런 빛도 아니었다.

빛을 다 삼킬 듯이 어두운 기운이 줄기줄기 뿜어져 나온다. 흡사 마교의 마공과 비슷해 보였지만, 그것과는.

'다르다. 확실히 달라.'

운현이 보기에는 확실히 달랐다.

마교의 마기라고 불리는 것보다도 더욱 어두운 그런 기운이었다.

마치 자신의 생명력마저도 깎아가면서 내뿜는 기운 같았다.

운현의 생각을 증명하는 듯 사내의 얼굴도 조금이지만 잿빛으로 변했다.

하지만 위력은 충분했다.

화아아아악.

어마어마한 수강이 만들어졌다.

"노옴!"

"……어딜!"

콰아아아아앙!

다시금 폭음이 터진다.

둘의 부딪침으로 만들어진 어마어마한 기파가 주변으로 퍼져나갈 정도다.

운현이 다소 우세한가 싶었던 대결이 다시 비등비등해졌다.

'제압이 어려울지도.'

'죽이겠다.'

서로 다른 의지를 다지며.

둘의 대결이 본격적으로 이뤄지기 시작한다.

第十四章
동일성(同一性)

'저 기운⋯⋯.'

정소준을 추격할 때까지만 해도 다 끝날 것이라 여겼던 남궁미다.

제갈소화나 당기재도 그러했다. 명학도 말은 하지 않았어도 같은 생각이었을 것이 분명하다.

압박을 받은 정소준은 잘 움직여 줬다.

"생각보다 멀리 움직이는구려."

"그래도 없던 움직임이 생겼다는 것이 중요하죠."

"하하, 그건 그렇군요. 제대로 추격하죠. 놓치지 않도록."

자신이 숨을 곳은 없다고 여겼는지, 혼자의 힘으로 잘도 움직여 줬다.

동창 무사들의 숙소에서 빠져나온 것은 그 혼자뿐이었다.

다른 이와 접촉을 했던 것도 이미 알고 있기는 했다.

종학운 그와 접촉한 문제는 동창 무사 송상후에게 맡겨 났다.

"제가 제대로 조사하죠."

정소준과 종학운이 이상하다는 것을 아는지 모르는지, 사람 좋아 보이던 송상후는 평상시의 눈빛과는 다른 서늘한 눈빛을 했었다.

사람 몇은 죽여 본 자의 눈빛이었다. 거기에 더해 독기도 잔뜩 머금고 있었다.

평상시의 사람 좋아 보이는 모습과도 너무 달라서 남궁미로서는 작게 놀랄 만한 모습이었다.

사람을 죽이는 거야, 남궁미도 이미 여러 번 겪은 바 있기에 무서울 것은 없었다.

다만 남궁미가 놀란 것은 그의 변한 모습 때문.

사람 좋아 보이는 모습과 대조되는 그 서늘한 모습은 평상시의 송상후라고는 전혀 생각지도 못할 그런 모습이었다.

그 모습을 보자 과연 송상후도 동창의 무사겠거니 싶었다.

평소는 어떨지 몰라도, 일단은 황궁에서 일만 주어지면 냉혹하게 처리를 한다고 소문이 난 동창 무사다웠다.

지금 동창 무사들을 이끌고 있는 그의 지위는, 공으로 얻어진 것이 아니었던 것이다.

그렇기에.

"그럼 맡기지요."

종학운은 따로 걱정도 하지 않았다.

다만 잠시 정소준을 놓쳤었다.

거리를 두고 추격을 한 것이 문제였을지도 몰랐다.

들키지 않기 위해서는 어쩔 수 없었지만, 여기서 추격술을 아주 전문적으로 익힌 자가 없었다.

한참을 움직이던 정소준이 갑자기 사라졌었다.

기척이 완전히 지워졌었다. 어느 한 곳에서.

"어서!"

그래서 재빨리 몸을 날렸었다.

그리곤 순식간에 주변을 살폈다. 다들 눈치란 게 있지 않은가.

여태까지 다른 후기지수들에 비해서 많은 것들을 겪어왔던 일행이다.

암습, 추격전, 의뢰, 가문의 일 등등. 그들이 겪은 경험들은 어지간한 노회한 무림인들 못지않았다.

그렇기에 바로 움직였다.

"진을 썼을 게 분명해요."

"흔적을 찾아야겠군."

일행의 그 누구보다도 무공이 떨어지는 정소준이 몸을 숨길 수 있는 방법은 단 하나, 진!

은신술을 쓴다고 썼어도, 운현의 기감을 피할 수 없던 그가 순식간에 기운을 숨길 수 있는 방법은 진의 도움 말고는 없었다.

특히나 그는 기운이 사라지기 전에 잠시 한곳에 머무르면서, 무언가를 살피는 기색이었다.

그때는 그게 누군가에게 신호를 보낸 것으로 생각했지만, 지금 보아하니.

'진을 움직였던 거였어.'

자신의 몸을 숨기기 위해서 진을 조작했던 게 분명했다.

운현을 포함한 다섯 일행은 그 어느 때보다 집중을 하면서 주변을 살피기 시작했다.

남궁미도 그 누구보다 열심히였다. 허나 아쉽게도.

"여기!"

어쩌면 당연한 이야기인지도 모르겠지만, 가장 먼저 진

의 흔적을 찾아낸 것은 제갈소화였다.

일행 중에서 가장 진에 대한 조예가 깊은 그녀답게, 그 누구보다 빠르게 진의 흔적을 찾아냈다.

"으음…… 다행히 어렵지 않네요."

그리고 순식간에 진을 해석해 냈다.

'역시…….'

머리만큼은 무림 그 어디보다 뛰어나다는 제갈가의 자제다운 모습이었다.

"전에 발견했던 곳보다는 훨씬 쉬워요."

"좋군요. 대단합니다. 제갈소저."

당기재의 칭찬에도 제갈소화는 별거 아니라는 기색이었다.

"모르면 그냥 지나칠지도 모르겠지만…… 일단 발견하니 더 쉬워지는 거죠. 진이라는 게 본래 그러하니까요. 후후."

진심으로 별거 아니라 느끼는 듯, 제갈소화는 대화까지 이어나가면서 앞에 있는 몇 가지들을 조작하기 시작했다.

나뭇가지 몇 개. 작게 쌓인 돌무더기.

지나가다 보면 쉽게 발견할 만한 그것들을 그녀가 섬섬옥수로 조금씩 자리를 이동시키기 시작하자.

"됐네요."

그르르르르릉.

없던 것들이 생겨났다. 조그마한 동굴이 그들의 눈에 자리하기 시작했다.

진을 푼 것이었다.

누군가에게는 이곳이 공을 들여서 만들었을 진이 분명한데, 제갈소화는 그걸 너무도 쉽게 뚫어냈다.

그리곤 동굴을 지나왔다.

"함정이 있을지도 모르겠는데요."

"천천히 전진하도록 하지요."

인공적으로 만들어진 그곳은, 좁아도 너무 좁았다.

제갈소화나 남궁미는 어찌 틈이 남아서 통과하기도 쉬웠지만, 사내들은 지나가는 거 자체가 버거워 보일 정도였다.

"으읏. 좁기는 하구려."

"조금만 참으시지요."

"당연히 그럴 생각이긴 하오만…… 하하. 이거 참. 신의님과 다니면서 별의별 경험을 다 합니다."

"그것도 그렇군요."

특히 여러 가지 독을 몸에 구비하고 다니면서, 한여름에도 두툼한 옷을 입고 다니는 당기재의 경우에는 더 힘들어 보였다.

별의별 경험을 다 한다는 당기재의 말에 얼핏 쓴웃음이 나오는 일행이었다.

그래도.

'다 와 간다.'

눈앞의 동굴은 외길이었다.

함정이 있을까 싶어 천천히 전진을 하다 보니, 움직임은 더뎌지기는 했다.

그래도 일행 중에서 그 누구도 걱정을 하지는 않았다.

역병이 돌았다. 치료제를 만들었다.

그 뒤로 조사를 시작했고 이상한 사체들을 찾았다. 죽음의 기운을 읽는 것을 넘어 상상도 못 한 기묘한 기운도 찾아냈다.

그 뒤로 여러 가지로 계획을 짜서 정소준을 토끼몰이 하듯이 몰아내는 데까지 성공해내지 않았는가.

여기까지 해낸 것만 하더라도 한 편의 거대한 활극을 만들어 낸 것이나 다름없었다.

그것도 거대한 사건의 중심에 서서!

아직 이 거대한 활극이 끝은 아니라지만, 사체를 발견하고 실마리 하나 없어 고통스러웠던 때보다는 훨씬 낫지 않은가.

동창의 무사. 정소준만 잡아낸다면, 전에 없던 실마리를 얻을 것이라 여겼다.

"으차……."

"조심조심하시오."

그래서 함정이 있을까 싶어 조심스레 움직이면서도 없던 여유가 생겨났다.

이제 정소준만 잡아내면 역병을 만들어냈을 그 누군가들에게 한 걸음 더 나아갈 수 있을 거라고 여겼다.

헌데 도착을 하고 보니. 다른 자가 있는 게 아닌가.

지금 보아하니 동창의 무사면서 간자질을 한 건지, 아니면 다른 어떤 짓을 한 건지 모를 정소준이 중요한 게 아니었다.

눈앞에 생각지도 못한 자가 있다는 게 중요했다.

"……으음."

다른 이들은 모르겠지만 남궁미는 특유의 감으로 중년의 사내를 보자마자 알았다.

고급스러운 신도, 학자들이나 혹은 제갈세가의 무사들이나 가끔 들 섭선도 중요한 게 아니었다.

파계승과 같은 그런 복장이 중요한 것은 더더욱 아니었다.

그가 풍기는 분위기가 중요했다.

'착각일까? 아니야…… 확실히 아니야.'

중년의 사내는 전에 호북성에서 보았던 기묘한 사내와 비슷한 분위기를 풍기고 있었다.

분명 이성적으로 보기에는 호북성의 기묘했던 사내와 눈앞의 사내는 다른 이였다.

호북성에서 봤던 기묘한 사내는 풍채가 그리 크지 않았다.

지금 눈앞에 사내는 풍채가 큰 편이었다.

호북성에서 봤던 사내는 핏빛의 기운을 사용했었다.

허나 지금 눈앞에 있는 중년인은 핏빛은커녕 어둡디어둡기만 한 기운을 사용했다.

호북성의 사내는 혈교의 혈기라 불리는 기운과 비슷했다면, 눈앞의 사내는 마교의 마기와 비슷한 기운을 흩뿌리고 있었다.

분명히 서로 기운의 종류 자체가 달랐다.

그럼에도 남궁미로서는 호북성의 사내와 지금 눈앞에 중년인에게 어떤 공통점이 있다고 여겨졌다.

'다르면서 같아.'

그녀는 알지 못하는 어떤 비밀이 있다고 여겨졌다.

지금까지도 알지 못하던 어떤 것. 어쩌면 알게 된다면 지금까지 알지 못했던 어떤 것에 도달할 수 있게 할 그런 어떤 것을 중년인은 가지고 있었다.

또한 이미 갑작스레 등장한 명학의 손에 죽어버렸을 게 분명한 기묘한 사내도 가지고 있었던 게 분명했다.

호북성에서 그녀와 당기재들을 추격하던 핏빛의 기운을 쓰던 기묘한 사내는 이미 죽어버렸지만.

'……기회다.'

눈앞에 파계승의 복장을 하고 있는 사내는 죽지 않았다. 죽지 않았기에 얻을 수 있는 게 있을 수도 있었다.

운현도 그런 그녀의 생각이 통한 걸까. 사내를 제압하려고 하고 있었다.

검기를 시퍼렇게 불러일으키고는 있지만, 살계를 펼치는 느낌은 들지 않았다.

살기가 별로 없었다. 어떻게든 상대를 제압하려는 게 남궁미의 눈으로도 보일 정도였다.

"노오오오옴!"

다만 그런 운현을 상대하는 중년인은 살기를 잔뜩 세우면서 운현에게 달려든다는 것이 다를 뿐이었다.

서로 부딪침이 계속되었다.

콰아아아앙!

폭음이 이어졌다.

아무래도 중년인은 보통의 위력을 가진 존재가 아니었다.

못해도 절정. 어쩌면 그 흔하지 못하다는 초절정의 경지에 있을지도 모를 중년인이었다.

'강해.'

대체 어디서 저런 자들이 자꾸 나오는 건지.

절정에 이르지 못하고 평생을 허무히 보내는 무림인들도 많건만, 잘도 절정을 넘어선 자들이 모습을 드러내곤 한다.

가문의 어른들도 무림이란 곳은 생각 이상으로 넓고도 깊어서, 생각지 못한 존재들이 불쑥 불쑥 튀어나온다는 이야기를 해주곤 했다.

하지만 이건 너무하지 않은가.

남궁미의 무위도 이제 절정. 얼마 전 얻은 깨달음으로 더욱 강해져 가고 있는 형편이건만!

이 정도의 무위면 무림인의 후기지수들 중에서도 수위를 다투는 무위를 가지고 있다고 자부를 하건만, 눈앞의 존재들은 그걸 쉬이 뛰어넘고 있었다.

차이가 너무 나게 되니 질투 같은 것 따위는 나지도 않는다. 하지만.

'넘을 수 있어.'

운현이 어찌 성장해 왔는지를 옆에서 오래 봐왔다 싶은 남궁미이지 않은가.

언제고 자신도 저들을 뛰어넘어서 올라설 수 있다는 자신감이 있었다.

경지가 잠시 뒤처진다고 실망만 하기에는 남궁미의 성격

이 그걸 용납하지를 못했다.

다만 언제고 따라잡을 수 있을 거라고 의지를 불태울 뿐이었다.

허나 중요한 건 그런 게 아니었다.

중년의 사내가 호북에서 봤던 기묘한 사내와 비슷하다는 것이 제일 중요했다.

"……도와줘야겠어요."

"신의님이 뭐라 하신다고 할지라도 어쩔 수 없겠죠."

여자 특유의 감일까.

제갈소화도 용케도 남궁미와 같은 생각을 한 듯했다.

시간이 걸리더라도 운현이 중년의 사내를 이길 건 분명했지만, 그 시간을 줄여야 했다.

저 사내를 완벽하게 제압하고 나서 얻어야 할 것이 많았다.

호북성에서 혈기와 같은 것을 뿜어내던 기묘한 사내와의 관계.

역병을 누가 일으켰는지에 대해서. 또한 강시들은 무엇인지. 동창 무사들과 어떤 연관이 있는지에 대해서도 알아야 했다.

거기에 덤으로 저 검기도 막아내는 무공이 대체 무엇인지를 알아내는 것도 중요했다.

'알 수가 없어.'

남궁가의 여식으로 태어나, 무림의 무공에 대한 온갖 교육을 받은 그녀로서도 가늠하기 힘든 무공.

그런 무공은 존재 자체로도 알아 볼 것투성이였다.

스으으으.

해서 제갈소화와 함께 기운을 일으킨다.

운현이 벌이는 중년인과의 전투를 재빠르게 끝내게 하기 위해서 도와주려고 마음을 먹었다.

몸을 움직이려는 그 순간.

"아무래도 그것보다 급한 문제가 있겠소이다."

"아……."

중간에 끼어드는 존재가 있었다. 당기재였다.

그는 한손에 짐짝처럼 들고 있던 정소준을 동굴의 출구쪽으로 순식간에 던졌다. 마치 필요 없는 짐짝을 버리듯이.

그리고서는 자세를 잡았다.

그가 왜 자세를 잡는지를 남궁미나 제갈소화는 분명히 알아챘다.

당기재는 그녀들처럼 운현과 중년인의 대결을 도와주겠답시고, 자세를 잡는 게 아니었다. 그런 의미로 기를 끌어올리는 게 아니었다.

중년인과 같이 있던 존재들.

"키이이익!"

"키익!"

지금까지 잘도 정체를 숨기고 있던 존재들. 강시.

'이제는 지긋지긋할 정도야.'

운현이 처음 천병 환자들을 치료를 하러 갔을 때에 등장했던 강시들보다도 더 완성도가 높아 보이는 저 강시들을 처리해야 했다.

어디서 등장했을지 모를 강시들이 또 등장하고 있었다.

"먼저 갑니다!"

가장 먼저 출발한 것은 운현의 형인 명학이었다.

눈치는 가장 느릴지언정, 모든 일에 솔선수범하는 그답게 달려나가는 데 한 점의 망설임도 없었다.

"후우……."

뒤를 이어 양손에 독기를 줄줄이 내뿜고 있는 당기재가 나선다.

과연 당가의 기재라고 불리는 그답게 전보다 더욱 강해진 게 분명한 듯 기세가 더욱 사나워졌다.

"……저희도 가죠."

"예!"

그 뒤를 이어 남궁미와 제갈소화가 달려나간다.

강시들과 부딪치기 위해서!

많은 의문들이 아직 남았지만, 그 의문을 풀기 위해서는 더욱 본격적으로 움직여야 했다.

〈다음 권에 계속〉